SECRETOS

AF273764

ANNE MATHER
Una mujer misteriosa

Editado por Harlequin Ibérica.
Una división de HarperCollins Ibérica, S.A.
Avenida de Burgos, 8B - Planta 18
28036 Madrid

© 2024 Harlequin Ibérica, una división de HarperCollins Ibérica, S.A.
N.º 87 - 15.6.24

© 2002 Anne Mather
Una mujer misteriosa
Título original: Hot Pursuit

© 2002 Carole Mortimer
Noticias del corazón
Título original: Keeping Luke's Secret
Publicada originalmente por Harlequin Enterprises, Ltd.
Estos títulos fueron publicados originalmente en español en 2003

I.S.B.N.: 978-84-1180-675-6
Depósito legal: M-8409-2024
Impreso en España por: BLACK PRINT
Fecha impresión Argentina: 12.12.24
Distribuidor exclusivo para España: LOGISTA
Distribuidor para México: CODIPLYRSA
Distribuidores para Argentina: Interior, DGP, S.A. Alvarado 2118. Cap. Fed./Buenos Aires y Gran Buenos Aires, VACCARO HNOS.

Capítulo 1

PAPÁ, vamos a llegar tarde.

–Ya lo sé.

Matt Seton consiguió no sonar tan frustrado como se sentía. No era culpa de Rosie que se hubiera dormido justo el día que la señora Webb no estaba o que a su padre le diera vueltas la cabeza por haber dormido solo dos horas.

–La señorita Sanders dice que no hay excusa para quedarse dormido –añadió su hija en plan repelente.

A Matt le pareció oír a su ex mujer, Carol.

–Ya, ya, ya lo sé. Lo siento –se disculpó apretando los dientes y agarrando con fuerza el volante del Range Rover.

Sintió la tentación de acelerar a tope, pero no creyó que a la señorita Sanders le gustara que le pusieran otra multa por exceso de velocidad.

–¿Quién me va a recoger esta tarde? –preguntó la pequeña de siete años, un poco nerviosa.

–Yo –contestó Matt intentando tranquilizarla–.

Si no puedo, le diré a la tía Emma que venga ella. ¿Qué te parece?

Rosie estrujó el estuche y bajó la mirada.

–No te vas a olvidar, ¿verdad, papá? No me gusta nada tener que pedirle a la señorita Sanders que te llame.

Matt suspiró.

–Solo ha sido una vez, Rosie –protestó con una sonrisa–. No te preocupes. Vendré –le prometió–. No voy a dejar a mi chica preferida plantada, ¿de acuerdo?

–De acuerdo –dijo la niña.

Desde que la última niñera de su hija había enfermado, estaba haciendo todo lo que estaba en su mano para encontrar a otra. Había entrevistado a un montón de candidatas, pero no había habido suerte. Pocas mujeres jóvenes querían vivir en Saviour's Bay, un área remota de Northumbria, y las mujeres mayores que había entrevistado le parecían demasiado estrictas. No quería que la falta de seguridad en sí misma de Rosie, provocada por el abandono de su madre, se agudizara aún más.

Por eso, había contratado a una agencia de Londres. Al fin y al cabo, aquella población costera era un lugar idílico para vivir, o así se lo parecía a él como escritor.

Todos sus esfuerzos estaban en aquellos momentos volcados en encontrar a alguien que pudiera ayudarlo a criar a su hija, lo más maravilloso que tenía en el mundo, lo único que tenía que agradecerle a Carol, la mujer con la que, no sabía por qué, se había casado y que jamás había demostrado interés alguno ni en él ni en la niña. Ya ni siquiera le dolía…

Era un escritor de mucho éxito, cuya última novela se había llevado a la gran pantalla y a quien perseguían los periodistas, lo que no resultaba muy agradable, la verdad. Esa había sido otra de las razones por las que había comprado Seadrift, la casa de la que se había enamorado a primera vista.

–Que tengas un buen día, cariño –le deseó a su hija dejándola en la puerta del colegio.

–Hasta luego, papi.

Matt suspiró tranquilo. Habían llegado a tiempo. Dos minutos para las nueve. Por los pelos, pero a tiempo.

Esperó a verla entrar y se fue. La verdad es que no era justo hacerla sufrir así. Rosie no podía tener la incertidumbre de si su padre iba a ir a buscarla o no a la puerta del colegio. Cuando Matt se ponía a trabajar, se le pasaban las horas en un abrir y cerrar de ojos y se olvidaba de todo. Necesitaba encontrar una niñera cuanto antes.

Hasta que Hester Gibson no se había ido, no se había dado cuenta de cuánto se había apoyado en ella. Hester había sido la primera y única niñera

de Rosie, una segunda madre que no había du-
dado en irse a vivir con ellos allí desde Londres.

Al llegar al camino privado de su casa, vio un
coche vacío. El conductor se debía de haber quedado sin gasolina y Matt supuso que se habría ido
andando al pueblo. Frunció el ceño. Él llegaba de
allí y no había visto a nadie. ¿Otro periodista,
quizá?

Aceleró fastidiado porque quería llegar con
tiempo de sobra a casa para ducharse, afeitarse y
leer la prensa.

Apagó el motor y se quedó sentado dentro del
coche para ver si aparecía alguien. Y así fue, pero
no era un hombre, sino una mujer, y no parecía
periodista.

La joven dudó un momento y fue hacia él. Era
alta y delgada, de pelo castaño con reflejos rubios,
y no debía de tener más de veintitantos años. Matt
se preguntó qué haría en su casa. ¿Acaso aquella
mujer no había oído hablar de los peligros que corrían las mujeres? Al fin y al cabo, no lo conocía
de nada; se podría haber metido en casa de un de-
pravado...

¿Y si la hubiera mandado la agencia? Tal vez
fuera la niñera perfecta para Rosie. Matt abrió la
puerta del coche y fue hacia ella.

—¿Me buscaba? —le preguntó.

—Eh...

La joven parecía confusa. Matt se fijó en que

llevaba una cazadora de cuero que, desde luego, no había comprado en un mercadillo, y un vestido de gasa que no parecía muy apropiado para una entrevista matutina. Se dijo que las buenas niñeras cobraban mucho y que, al fin y al cabo, él no tenía ni idea de moda femenina, así que…

La chica sonrió nerviosa.

–Yo… sí –contestó–. Sí, supongo que, si vive usted aquí, sí.

–Vivo aquí –dijo Matt ofreciéndole la mano–. Matt Seton.

La chica parecía confusa. ¿Habría reconocido su nombre? Sea lo que fuere, no parecía dispuesta a estrecharle la mano. Aun así, Matt se la estrechó.

–Yo soy… Sara… Sara Victor.

–Ah –dijo Matt.

Un nombre que le gustó; tenía solidez, sonaba antiguo. Estaba harto de entrevistar a «Hollys», «Jades» y «Pippas». Era un placer tener delante a alguien cuyos padres no se hubieran dejado influir por las series televisivas.

–Señorita Victor, ¿viene usted de muy lejos?

Ella pareció sorprenderse ante la pregunta y retiró la mano rápidamente. ¿Acaso le daba miedo?

–Eh… no mucho –dijo por fin–. Anoche, dormí en un hotel en Morpeth –añadió dándose cuenta de que aquel hombre quería una explicación un poco más extensa.

—¿De verdad? —dijo Matt.

¡Pues sí que la agencia era eficiente! Buscaban chicas por todas partes, estaba claro. Si Sara hubiera sido de Newcastle, que estaba solo a unos kilómetros, no tendría que haber dormido en Morpeth—. ¿El coche que hay en la carretera es suyo?

Sara asintió.

—Es alquilado —contestó—. No sé qué le pasa, pero ha dicho que hasta aquí había llegado y que no quería seguir.

—Pues menos mal que ha sido justo aquí —remarcó Matt—. No se preocupe. Llamaremos luego al taller de Saviour's Bay para que vengan a recogerlo. Cuando lo tengan arreglado, se ocuparán de devolverlo a la agencia.

—Pero… —se interrumpió y lo miró como si fuera un extraterrestre—. No hace falta que se moleste. Solo necesito hacer una llamada…

Matt frunció el ceño.

—No es usted de la agencia, ¿verdad? ¿Cómo no me he dado cuenta? ¡Es usted otra periodista del demonio! ¡Deben de andar desesperados para mandar a una fresca a hacer el trabajo!

—¡Yo no soy ninguna fresca! —exclamó Sara echando los hombros hacia atrás—. Y no he dicho en ningún momento que viniera de ninguna agencia.

—Lo que usted quiera —dijo Matt apretando los

dientes–. ¿Y qué hace aquí? Veo que no niega ser periodista.

–¿Periodista? –repitió la chica mirándolo fijamente con sus ojos verde grisáceos–. No lo entiendo. ¿Estaba usted esperando a un periodista? –añadió palideciendo–. ¿Por qué iba a venir un periodista hasta aquí?

–No finja que no sabe quién soy.

–No sé quién es usted –dijo Sara frunciendo el ceño–. Sé que se llama Seton porque me lo acaba de decir.

–Matt Seton –dijo Matt en tono irónico–. ¿No le dice nada?

–La verdad es que no –contestó Sara confundida–. ¿Quién es usted?

Matt la miró anonadado. ¿Lo diría en serio? Parecía que sí.

–No frecuenta usted mucho las librerías, ¿eh? –le dijo un tanto indignado–. ¿No conoce mi obra?

–Me temo que no –contestó Sara aliviada–. ¿Es usted famoso?

Matt no pudo evitar reírse.

–Un poco –contestó–. Bueno, ¿qué hace usted por aquí?

–Ya se lo he dicho. Se me ha averiado el coche y necesito hacer una llamada, si no le importa.

–¿De verdad? –dijo Matt preguntándose si debía creerla o no.

–Sí, de verdad –contestó ella estremeciéndose. Estaban en junio y no hacía frío, pero estaba realmente pálida–. ¿Le importaría?

Matt dudó. Podría ser un truco para entrar en su casa, pero lo dudaba. Aun así, nadie que no fuera pariente o amigo había cruzado jamás aquella puerta y le costaba invitar a hacerlo a una desconocida.

–¿No tiene usted un teléfono móvil?

Sara suspiró.

–No lo llevo –contestó–. Mire, si no quiere ayudarme, simplemente dígamelo. Supongo que el taller del que me ha hablado no está muy lejos, ¿no?

–A cinco kilómetros. Si se encuentra usted con fuerzas para hacerlos andando…

–Por supuesto –contestó ella con dignidad–. ¿Me indica la dirección, por favor?

Matt se sintió como un imbécil.

–Sígame, por favor –dijo yendo hacia la casa y rezando para no estar cometiendo el error de su vida.

Nada más acercarse a la puerta, los dos retrievers comenzaron a ladrar.

–¿Le gustan los perros?

–No lo sé –contestó Sara–. ¿Son peligrosos?

–¡Sí, mucho! –sonrió Matt–. Son peligrosamente amigables. Si no tienes cuidado, te lamen de pies a cabeza.

Sara sonrió y Matt volvió a pensar que tenía pinta de estar realmente agotada. Abrió la puerta y recibió a los perros con indulgencia. En realidad, eran de Rosie, pero pasaba tanto tiempo con ellos que los quería tanto como su hija.

Tuvo que sacarlos al jardín porque, en cuanto vieron que no llegaba solo, hicieron amago de lanzarse a Sara y llenarla de besos.

—Perdone —se disculpó Matt viendo que los platos de la cena estaban todavía en el fregadero y el desayuno de Rosie en la mesa.

—Sí, tenía usted razón. Son realmente amigables —comentó Sara sobre los perros—. ¿Son suyos o de su mujer?

Matt torció el gesto.

—De mi hija —contestó—. ¿Quiere usted un café? —le preguntó viendo que estaba más pálida que la pared.

—¡Sí, por favor!

A Matt le pareció que aquella contestación era propia de alguien que llevaba un tiempo sin comer ni beber. Lo volvieron a asaltar las dudas. ¿Quién sería aquella mujer? ¿Qué hacía en aquella carretera de la costa que solo utilizaban los que vivían allí y los veraneantes? ¿Qué querría?

Termino de poner la cafetera y voy a buscarle el número del taller.

—Gracias —contestó Sara.

—¿No se sienta? —le preguntó viendo que se

apoyaba en el marco de la puerta. Estaba temblando de nuevo y Matt temió que se fuera a caer al suelo.

–Gracias –contestó Sara acercándose como con miedo y sentándose en el taburete más alejado de él.

Matt no dijo nada porque aquella chica no iba a tardar en darse cuenta de que no estaba interesado ni en ella ni en ninguna otra mujer. A pesar de su fama y el dinero que le había proporcionado, Matt nunca había pensado en reemplazar a su ex mujer.

Y había tenido oportunidad de hacerlo porque un hombre de su posición siempre atraía a cierto tipo de mujer aunque fuera feo como un demonio, que no era su caso, por cierto. Era de rasgos duros, pero atractivos. Siempre le habían dicho que los ojos un poco hundidos, el tono aceituna de su piel y la nariz rota recuerdo de un partido de rugby gustaban más que los rasgos afeminados de muchos hombres.

A él le daba igual, la verdad. La única mujer de su vida era Rosie.

Se giró hacia Sara y se quedó anonadado. Se había quedado dormida sobre la barra de la cocina.

En ese momento, sonó el teléfono y la chica dio un respingo. Matt maldijo en silencio mientras iba a contestar, pero no sabía si porque Sara se hubiera quedado dormida en su cocina o porque el teléfono la hubiera despertado.

—¿Sí?

—¿Matt?

—¡Emma, hola! ¿Qué tal estás?

—¿Te pillo en un mal momento?

—No, claro que no —contestó Matt. Le debía demasiado a Emma Proctor como para decirle lo contrario—. Acabo de volver de dejar a la niña en el colegio y estaba haciendo café. Nos hemos quedado dormidos, ¿sabes?

—Claro, hoy libra la señora Webb, ¿no? —rio Emma—. Veo que no has tenido suerte con la agencia, entonces.

—No —contestó Matt. No le apetecía hablar del tema.

—¿Y la agencia del pueblo? A veces, tienen canguros.

—No quiero una canguro, Emma. Lo que yo necesito es alguien con formación, no una chica que quiera sacarse un dinero de vez en cuando. Necesito a alguien que se quede también por las noches para que yo pueda trabajar, ya lo sabes.

—Lo que necesitas es una madre para Rosie, y las probabilidades de que encuentres a una mujer que quiera vivir aquí…

—Ya, ya —la interrumpió Matt.

Habían tenido aquella conversación unas cuantas veces ya y no le apetecía repetirla—. Gracias por preocuparte, Emma, pero es algo que tengo que hacer yo solo.

–Si puedes… –murmuró Emma–. Bueno, te he llamado porque quería saber si quieres que me pase esta tarde a recoger a Rosie. Tengo que ir a Berwick a comprar unas cosas, pero voy a volver sobre las…

–No, gracias. Le he prometido que iría yo –contestó Matt preguntándose qué estaría pensando su invitada sobre aquella conversación–. Gracias, Em, pero otro día, ¿de acuerdo?

–Muy bien –contestó Emma–. Te tengo que dejar. ¿Quieres algo de Berwick?

–No, gracias –contestó Matt con educación–. Hasta luego, Em.

Cuando colgó, vio que su invitada bajaba la mirada como si la hubiera pillado mirándolo. Matt frunció el ceño y sacó dos tazas de un armario.

–¿Cómo lo quiere?

–Con leche y sin azúcar –contestó Sara–. Qué bien huele.

–¿Tiene hambre?

–¿Hambre?

Por un momento, pareció que iba a decir que sí, pero no fue así.

–No, con esto me vale.

Matt dudó y abrió la lata en la que la señora Webb metía las magdalenas. Aunque eran del día anterior, olían de maravilla.

–¿Seguro? –insistió acercándole la lata–. Están muy buenas.

–No, gracias, con el café me basta –contestó Sara mirando los bollos con deseo–. ¿Está usted buscando una niñera para su hija? –añadió recobrando el color–. ¿Cuántos años tiene?

–¿Rosie?

Matt dudó y cerró la lata.

–Siete –contestó decidiendo que no pasaba nada por decírselo–. Es increíble lo rápido que pasa el tiempo…

Sara se mojó los labios.

–¿Su mujer ha muerto? –preguntó. Inmediatamente levantó una mano–. Perdón, no debería haberle preguntado eso.

–No pasa nada –contestó Matt–. Carol me dejó cuando la niña era un bebé. No es ningún secreto.

–Entiendo –dijo Sara tomándose el café–. Lo siento.

–Bueno, fue lo mejor para los dos –sonrió Matt amargamente.

–¿Para su mujer y para usted? –preguntó Sara mirándolo a los ojos.

–Para mi hija y para mí –contestó Matt–. ¿Está bueno el café? –añadió sentándose junto a ella.

Sara dio un respingo apenas perceptible y Matt pensó que debían de haberle hecho algo, pero no quiso preguntar.

–¿Así que vive aquí solo?

—¿Está usted segura de que no es periodista? —bromeó Matt.

—¡No! —exclamó ella—. Estaba pensando en el trabajo.

—¿En qué trabajo?

—En el de niñera de su hija —contestó Sara—. ¿Le parezco buena para el puesto?

Capítulo 2

SE HABÍA quedado de piedra. Sara decidió que esas eran las únicas palabras que podían describir la expresión de aquel rostro delgado y bronceado.

Tampoco era de extrañar. No era muy normal que una perfecta desconocida se ofreciera a cuidar de su hija.

Al fin y al cabo, no la conocía de nada. Sara se arrepintió del ofrecimiento. Ella tampoco lo conocía de nada. El hecho de que se hubiera mostrado amable no quería decir que fuera de fiar. Además, no era niñera. Su experiencia con niños se reducía a cuando había sido maestra... parecía que había sido hacía una eternidad, en otra vida, cuando era joven e ingenua.

−¿Quiere usted ser la niñera de Rosie? −preguntó Matt Seton con recelo−. No me había dicho que estuviera buscando trabajo.

«Y no lo busco. Lo que quiero es un santuario», pensó Sara. No podía decírselo, claro. Cuando la noche anterior había huido de Londres, para poner distancia entre Max y ella, no había pensado en buscar trabajo, la verdad.

—¿Le intereso? —insistió.

Necesitaba un sitio donde quedarse y tiempo para pensar en lo que había hecho.

—Puede —contestó Matt—. ¿Está usted habituada a trabajar con niños?

—Solía estarlo —contestó sinceramente—. Era maestra.

—¿Era?

—Sí.

—¿Ya, no?

—No.

—¿Por qué?

Era una pregunta inocente, pero Sara se puso nerviosa.

—Porque lo dejé.

—¿Y qué ha hecho desde entonces?

«Intentar sobrevivir».

—Me… casé y a mi marido... bueno, mi ex marido, no le gustaba que trabajase —contestó consiguiendo sonar normal.

¡El eufemismo del año!

—Entiendo —contestó Matt. La estaba mirando tan intensamente que Sara pensó que le debía de estar leyendo el pensamiento. De ser así, vería que no le estaba contando toda la verdad—. ¿Es de por aquí?

Qué cantidad de preguntas. Sara tragó saliva y

pensó si decirle que sí, pero no lo hizo porque no le gustaba mentir.

–Hasta hace poco, vivía en el sur de Inglaterra.

–¿Hasta que decidió alquilar un coche y hacerse quinientos kilómetros? –sugirió Matt lacónicamente–. ¿Qué pasó, Sara? ¿Su marido se fue con otra y decidió desaparecer para hacerlo sufrir?

–¡No!

Ojalá. Si Max se hubiera ido con otra, ella no se vería en la situación en la que se veía.

–Ya le he dicho que… estamos divorciados. Es que me apetecía cambiar de aires. No sabía dónde quería ir hasta que llegue aquí.

–Y acaba de decidir que, porque yo necesito una niñera, usted quiere ser niñera –comentó Matt con cinismo–. Perdone, pero no he oído más tonterías en mi vida.

–No son tonterías –dijo Sara desesperada. Realmente, necesitaba el trabajo–. ¿Quiere una niñera o no?

–¿Qué preparación tiene?

Sara dudó.

–Dos años de maestra en… en Londres –contestó. Había estado a punto de decir el nombre del colegio, lo que habría sido una locura–. Lo dejé cuando me casé, como le he dicho.

–¿Puede demostrarlo? ¿Tiene referencias?

Sara bajó la cabeza.

–Aquí, no.

–¿Pero podría conseguirlas?

–No sería fácil.

–Qué sorpresa –dijo Matt en tono irónico–. Señora Victor, ¿se cree que estoy loco?

–Señorita, si no le importa –murmuró Sara.

¿Qué más daba, si no la iba a contratar, que pensara que fuera señora o señorita? Al fin y al cabo, no era su nombre real. Decidió insistir una última vez.

–Mire, me interesa el trabajo y le aseguro que he sido maestra durante dos años y muy buena, además –dijo mirándolo fijamente–. Téngame una semana de prueba. ¿Qué tiene que perder?

–Mucho –contestó Matt–. No dejo a mi hija con cualquiera, señorita Victor. Es demasiado importante para mí. Lo siento.

Pues no parecía que lo sintiera en absoluto. Al contrario, parecía ansioso por que se fuera, así que Sara se apresuró a terminarse el café y se puso en pie.

–Yo, también –dijo agarrando el bolso–. ¿Le importa que llame por teléfono?

–Espere –dijo Matt poniéndose entre ella y la puerta–. Una última cosa. ¿Pasó la noche en Morpeth o también eso era mentira?

–¿Importa?

Sara estaba intentando mantener la calma, pero cada vez le resultaba más difícil. ¿Qué ocurriría si aquel hombre iba con su descripción a la policía?

–Me gustaría saberlo –insistió Matt metiéndose las manos en los bolsillos traseros de los vaqueros.

–Eh… no –contestó Sara mojándose los labios–. ¿Puedo llamar ahora, por favor?

–¿Así que lleva toda la noche conduciendo?

–Más o menos.

–Debe de estar muy cansada.

Sara se rio.

–¿Y a usted qué le importa?

Matt se quedó un buen rato en silencio.

–Tengo corazón, ¿sabe? Sé cuándo una persona está huyendo de algo. Siéntese y desayune. Si quiere, puede tumbarse un rato antes de llamar al taller.

Sara lo miró atónita.

–¿Me podría duchar también? –se burló Sara–. ¿De dónde se saca que esté huyendo de nada? Ya le he dicho que me apetecía cambiar de aires…

–Ya la he oído –la interrumpió–, pero ¿de verdad espera que me lo crea?

–¡Me importa un bledo lo que crea o deje de creer!

–¿De verdad?

–Por supuesto.

–¿No se da cuenta de que podría retenerla aquí hasta que me cuente la verdad?

Sara se sintió amenazada.

–¡No se atreverá!

–Deme una razón por la que no debería hacerlo.

–Porque… no tiene derecho. No soy una niña. Sé cuidarme solita.

–Puede… Mire, alguien que quiere cambiar de aires no se va en mitad de la noche, sin documentos ni referencias ni nada que pruebe que es quien dice ser.

Sara se sintió derrotada.

–Deje que me vaya, por favor –imploró–. Olvídese de la llamada. Voy a ver si el coche arranca. Ya me buscaré la vida. Olvide que me ha visto.

–No puedo –suspiró Matt.

–¿Por qué?

–Porque me parece que necesita ayuda –contestó amablemente–. ¿Por qué no me cuenta la verdad? Se ha peleado con su marido, ¿verdad?

–Ya le he dicho que no estoy casada.

–Claro; entonces, ¿por qué lleva la alianza y el anillo de pedida? ¿Como recuerdo?

Sara maldijo en silencio. Se había olvidado de los anillos. Nunca se los había quitado porque Max la habría matado.

De repente, se sintió muy débil. Se preguntó cuándo había comido por última vez. No había desayunado ni cenado, pero ¿había comido? No lo recordaba. No se acordaba de nada sucedido antes de que Max llegara a casa.

Solo recordaba a Max tendido en el suelo al final de las escaleras y a ella corriendo para tomarle el pulso. Le temblaba tanto la mano que no había sido capaz de encontrarlo. Eso solo podía significar una cosa.

¡Estaba muerto!

Sintió que se tambaleaba y vio que Matt extendía una mano hacia ella. Se apresuró a moverse, pero las piernas no le respondieron. ¿Qué le estaba pasando? No se podía desmayar. No podía quedar a merced de un hombre que no conocía de nada y que había amenazado con retenerla.

No tendría que haber entrado en aquella casa, no debería haberle pedido ayuda. Estaba sola, tal y como quería. Solo podía confiar en sí misma…

Abrió los ojos al sentir la brisa que entraba por la ventana que tenían a sus espaldas. Estaba en una habitación color melocotón con un armario y una cómoda antiguos y estaba tapada con una colcha verde lima. A lo lejos, se oía un tractor.

¿Dónde estaba?

Se incorporó y frunció el ceño. No reconocía nada de lo que la rodeaba excepto su chaqueta doblada sobre el respaldo de una silla y sus zapatos al lado.

Entonces, recordó todo. La caída de Max, su huida, el coche alquilado que se había estropeado.

Se estremeció. Aquello no explicaba cómo había llegado a aquella cama. ¿Qué había ocurrido? Se tocó la cabeza.

Matt Seton.

Recordó sus rasgos y los vaqueros que llevaba. Tenía una hija. Aquella habitación podría ser la de la niña, porque era muy femenina.

Su primer impulso al verlo bajar del coche había sido correr, pero había conseguido controlarse. Le daba pánico caer en manos de otro hombre. Lo de ofrecerse como niñera había sido una locura, pero en el momento le había parecido perfecto quedarse en mitad del campo, donde no pudiera encontrarla.

Oyó ladrar a un perro. Estaba muy cerca. Quizá bajo la ventana. Oyó a un hombre que le decía que se callara. Era una voz fuerte y bonita, obviamente la de su anfitrión.

Se dio cuenta de que Matt Seton la debía de haber llevado en brazos hasta la cama. ¿Por qué? ¿Se había desmayado?

¿Y su bolso? Asustada, miró a su alrededor. No estaba. Intentó pensar si había algo dentro que pudiera delatarla. ¿Había algo que indicara que no era quien decía ser?

Apartó la colcha y se puso en pie. Hizo una mueca de dolor. La cadera le dolía horrores y tuvo que volver a sentarse en la cama. Se bajó un poco la falda y vio que tenía un moretón espantoso.

–¿Está despierta?

La misma voz que se había dirigido al perro hacía unos minutos estaba detrás de ella. Se giró y se encontró con Matt Seton apoyado en el marco de la puerta mirándola de arriba abajo.

¿Cuánto tiempo llevaría allí?

Sara tomó aire y se dio cuenta de que en otro momento de su vida, antes de casarse con Max, habría encontrado a aquel hombre muy apetecible. Tenía un magnetismo animal irresistible. No era guapo, pero sí atractivo. Además, poseía una mezcla fuerza y vulnerabilidad, una cualidad que atraía irremediablemente a las mujeres. Seguro que todas las que conocía estaban encantadas de echarle una mano.

—¿Cuánto hace que no come?

Sara miró el reloj, pero vio que no funcionaba. Tenía el cristal partido. Debía de haber sido cuando se había dado contra la mesa la noche anterior.

—¿Qué hora es? —preguntó sin contestarle.

—¿Por qué? ¿Cambia eso las cosas? —dijo Matt—. Es la una. Iba a hacerme la comida. ¿Quiere acompañarme? —añadió al ver su mirada suplicante.

¡La una! Sara lo miró horrorizada. Había estado inconsciente más de tres horas.

—Se ha desmayado —le dijo Matt— y creo que, luego, se ha quedado dormida. ¿Se encuentra mejor?

No lo sabía. ¿Qué estaría pasando en su casa? ¿Se habría enterado Hugo ya de que Max había muerto? Por supuesto que sí. Habían quedado en verse después del espectáculo…

—¿Hola? ¿Sigue ahí? —dijo Matt acercándose y mirándola con el ceño fruncido.

¿Qué pensaría aquel hombre? ¿Sospecharía algo? Fuera lo que fuese, seguro que no era peor que la verdad.

—Perdón —contestó Sara—. Solo quería llamar por teléfono. No quería ser un problema para usted.

Matt no contestó.

—¿Quiere comer? —le volvió a preguntar Matt—. Me gustaría hablar con usted y preferiría que fuera cuando tuviera el estómago lleno.

—No sé si quiero hablar con usted —le espetó Sara poniéndose en pie—. ¿Dónde está mi bolso?

—Ahí —contestó Matt señalando una silla—. No se preocupe, no he mirado dentro. ¿Por quién me toma?

Sara se sonrojó.

—Yo… no sé a qué se refiere —dijo. Max habría aprovechado la oportunidad, desde luego, para hacerlo—. Solo quería un pañuelo.

—Sí, claro —dijo él con ironía—. ¿Seguro que está bien? —añadió frunciendo el ceño al verla ponerse los zapatos.

—Estoy bien —mintió Sara. El dolor de la cadera era insoportable—. Estoy un poco mareada todavía, pero no es nada.

Matt la miró poco convencido.

—El eufemismo del año —le dijo—. No se ponga la chaqueta porque no pienso dejar que se vaya sin comer.

Sara se volvió a sonrojar.

—¡No me puede obligar a comer!

—No me desafíe —contestó Matt yendo hacia la puerta tras haberle arrebatado la chaqueta—. El baño está ahí. ¿Por qué no se ducha antes de comer? —hizo una pausa—. Hay pañuelos en el baño, si los necesita —añadió saliendo de la habitación.

Sara apretó los dientes. La había vuelto a pillar mintiendo. Nunca se le había dado bien mentir. En realidad, nunca había mentido. Podría haber sido más fácil. Si Max…

Tenía que dejar de pensar en él. Debía olvidar cómo la había humillado y aterrorizado durante casi tres años. ¿Por qué no lo había abandonado? ¿Por qué había aguantado su carácter? ¿Porque no había tenido valor para separarse o porque sabía lo que le habría hecho a ella y a su madre si se hubiera atrevido a hacerlo?

Ahora estaba muerto…

Entró en el baño, en el que también predominaban los tonos melocotón y verde. Se miró en el espejo. Menos mal que no tenía marcas en la cara. Max sabía cómo no dejar señales de su crueldad. Siempre había parecido el marido ideal a los ojos de los demás. Hugo, el querido y amable Hugo, nunca había sospechado que tenía un hermano que era un monstruo. En cuanto a su madre…

Sara se estremeció. Había hecho todo lo que había podido antes de irse. Había llamado a una ambulancia antes de dejar la casa. Se había asegurado de que lo atendieran. Lo único que no había hecho había sido quedarse para que la acusaran de asesinato…

Suspiró y se lavó la cara y las manos. Se quitó el maquillaje y se dio crema hidratante. Estaba pálida, pero no podía hacer nada. No creía que fuera a recobrar el color normal nunca.

Se peinó y volvió a la habitación. La cadera le dolía menos. Sabía que los hematomas tardarían unos días en desaparecer, como otras veces, y sería como si Max no hubiera dejado cicatrices en ella. ¿A quién pretendía engañar? Las secuelas que le había dejado su marido eran mucho más profundas en realidad.

Cerró los ojos y se concentró en las preguntas que le iba a hacer Matt Seton. Antes de salir de la habitación, se quitó el reloj y los anillos y los metió en el bolso. Ya no era propiedad de Max. Estaba sola y así quería que fuese.

Quedaba su madre, claro. Nunca se habían llevado muy bien. De hecho, para ella lo único que había hecho bien su hija en la vida había sido casarse con Max Bradbury. Sara nunca se había atrevido a pedirle ayuda porque su madre creía que su marido era un ángel. No en vano la había sacado de su ruinosa casa de Greenwich y le había comprado un piso en Bloomsbury.

¿Qué pensaría cuando se enterara de que su yerno había muerto y su hija había desaparecido? Sara sospechaba que no se lo iba a perdonar jamás.

Capítulo 3

CUANDO bajó, Sara estaba todavía más pálida y Matt se sintió mal por haberla importunado. Maldición, no había nacido ayer y no hacía falta ser muy listo para darse cuenta de que la historia que le había contado no era cierta.

Estaba batiendo los huevos para hacer tortillas y la ensalada estaba sobre la mesa.

–Siéntese –le dijo decidiendo que no era asunto suyo si estaba huyendo o no–. ¿Se encuentra mejor?

–Sí –contestó Sara con una tímida sonrisa–. No hacía falta que se molestara.

–No pasa nada –contestó echando los huevos en la sartén–. Hay vino en el frigorífico, si quiere.

–No, gracias –contestó intentando relajarse–. Así que es usted escritor, ¿no?

Matt la miró de reojo.

–¿He dicho yo eso?

–Bueno, lo ha dado a entender –dijo Sara avergonzada.

Matt sintió pena y la miró. Sin maquillaje, las ojeras eran más que patentes.

¿Quién diablos era aquella mujer? ¿Qué estaba haciendo allí y por qué sentía aquel ridículo sentido de la responsabilidad hacia ella?

—¿Qué escribe? —preguntó Sara intentando que no le hiciera preguntas a ellas.

—Thrillers —contestó sin molestarse en darle detalles. A Carol no le habían interesado, así que ¿por qué le iban a interesar a ella?—. ¿Así está bien? —añadió sirviéndole.

Sara asintió.

—Mmm, tiene una pinta riquísima.

—Coma —le indicó Matt sentándose en el taburete de enfrente.

Se fijó en que le costaba tragar y en que bebía agua constantemente.

—Debe de ser bonito escribir —comentó Sara dándose cuenta de que la estaba observando.

—Es una forma de ganarse la vida. A mí me gusta, pero a otros escritores no, ¿sabe?

—¿De verdad?

Matt se preguntó si su ingenuidad sería sincera. No debía fiarse.

—De verdad. Para muchos, es solo un trabajo. Para mí ya era una afición muy importante antes de ganarme la vida así.

—Debe de ser genial hacer algo que a uno le gusta tanto. Qué envidia.

—¿No le gustaba enseñar?

—Aquello era diferente —contestó apresuradamente.

Matt miró su plato.

—¿No le gusta?

—Sí, claro que sí —contestó Sara sonrojándose—. Cocina usted muy bien, pero no tengo mucha hambre. Lo siento.

Matt recogió los platos y sirvió el café.

—¿Y qué tiene pensado hacer?

Sara lo miró confusa.

—Lo primero, llamar al taller de… ¿Cómo dijo que se llamaba el pueblo?

—Saviour's Bay —contestó Matt—. Ya los he llamado yo.

—¿De verdad? —dijo Sara aliviada. Matt se arrepintió de la mentira que le acababa de decir—. ¿Y qué le han dicho? ¿Van a mandar a un mecánico?

—Mañana —contestó intentando ignorar a su conciencia—. Hoy tenían mucho lío.

—¡Oh, no! —exclamó Sara desesperada—. ¿Qué voy a hacer ahora?

—Puede quedarse a dormir, si quiere —contestó Matt preguntándose por qué estaba haciendo aquello—. La habitación en la que se ha despertado está libre.

—¡No!

—¿Por qué? Iba a quedarse si la hubiera contratado, ¿no? ¿Cuál es la diferencia?

—Eso ha sido un error.

—¿El qué?

—Pedirle trabajo. No sé qué me ha pasado.

—¿Desesperación, quizá? —sugirió muy serio—. Vamos, Sara, los dos sabemos que no tiene dónde ir y hasta que el coche esté arreglado…

Sara negó con la cabeza.

—No, buscaré un hotel o algo.

—¿Aquí? Imposible —le aseguró Matt—. Además, esos zapatos de tacón que lleva no son los más apropiados para ponerse a andar por la carretera.

—Tengo otros en la maleta.

—No es cierto. He abierto el maletero y no hay ninguna maleta —confesó Matt obviando el hecho de que también había conseguido arrancar el coche.

—No tenía usted derecho a hacer eso —dijo Sara indignada.

—Tiene razón, pero se había dejado las llaves puestas. Cualquiera podría haberlo hecho.

—No me puede obligar a quedarme.

—No tengo intención de hacerlo —le aseguró Matt—. Dentro de un rato, me voy a ir a buscar a Rosie al colegio. Si quiere puede irse entonces —añadió encogiéndose de hombros—. Elija.

Matt condujo hasta el colegio sin poderse creer lo que acababa de hacer. ¿De verdad había dejado a Sara, si es que se llamaba así de verdad, sola en su casa? Tras años apartándose de todo el mundo menos de su familia y sus colegas de trabajo, ¿había invitado a una perfecta desconocida a pasar la noche en su casa?

¿Estaba loco? Apenas sabía nada de ella y lo que sabía sonaba de lo más sospechoso. Se apostaba todo el dinero que tenía a que Sara estaba huyendo, pero ¿de qué o de quién?

Desde luego, no tenía pinta de ladrona. Tampoco de niñera, la verdad, aunque Matt había creído lo que le había dicho de su experiencia como maestra porque lo había dicho con convicción. ¿Quién sería y qué iba a hacer con ella?

Para empezar, tenía que presentársela a su hija. ¿Qué le parecería a Rosie que su padre hubiera invitado a una desconocida a quedarse a dormir?

Para su alivio, cuando aparcó el coche frente al colegio acababa de sonar la campana de salida.

—¡Papi, papi, has venido! —gritó Rosie lanzándose al cuello de su padre, emocionada.

—Te lo prometí, ¿no? Pues aquí estoy —sonrió Matt mientras iban hacia el coche.

—¿Has encontrado niñera? —preguntó la niña como si le leyera el pensamiento a su padre.

—No exactamente —contestó Matt.

No quería mentirle a su hija; iba a tener que explicarle de dónde había salido Sara.

«Si todavía está en casa cuando lleguemos», pensó.

Suspiró y puso el coche en marcha.

–¿Qué pasa, papá? –dijo Rosie–. ¿Es por la niñera?

–No, verás… Hoy ha venido a verme una mujer joven. No la manda la agencia –le explicó–. Es una visita. Se le estropeó el coche justo al lado de casa y vino a ver si la dejaba llamar por teléfono.

–Entonces, ¿no es niñera? –dijo Rosie algo descorazonada.

–No –contestó Matt–, pero se va a quedar con nosotros… por lo menos hasta mañana. Rosie, quiero que seas muy simpática con ella.

–¿Quién es? ¿Por qué se va a quedar en casa?

–Te lo acabo de decir –dijo Matt con paciencia–. Se le ha estropeado el coche y… no se lo arreglan hasta mañana –mintió pidiendo perdón en silencio–. Es simpática. Creo que te va a caer bien.

–¿Cómo se llama?

–Sara. Sara Victor. ¿Qué te parece?

Rosie se encogió de hombros y se quedó pensando unos segundos.

–A lo mejor, si le gustamos, se queda, ¿no? –dijo con optimismo infantil.

Matt no supo qué decir. Le pareció que tardaban una eternidad en llegar a casa. Ahora que Rosie sabía que Sara estaba en casa, no quería hablar de otra cosa.

Quería saberlo todo sobre ella: su edad, cómo era físicamente, dónde había nacido, si estaba de vacaciones, qué le pasaba al coche. Matt empezó a ponerse nervioso. ¿Y si Sara se hubiera ido?

Sabía que, si fuera así, su hija lo iba a pasar mal.

¿Y él?

Prefirió no contestarse. La verdad es que Sara le producía curiosidad. «Profesionalmente, claro», se dijo. Era un caso digno de estudio desde el punto de vista psicológico, lo que a él más le podía gustar, ya que antes de escritor había sido psicólogo y, de hecho, todas sus novelas tenían una gran carga psicológica.

Como mujer, no le interesaba. De hecho, no le interesaba ninguna mujer. Los días en los que su vida había estado regida por las hormonas habían pasado a la historia. Era prácticamente célibe y las contadas relaciones que había tenido habían sido extremadamente breves y poco dulces. Perfectas.

Sintió un gran alivio al ver que el Ford alquilado seguía donde Sara lo había dejado. Pensó que estaría mejor dentro de la casa y no en la carretera, pero para eso le tendría que pedir permiso.

¿Y si se le ocurría intentar encenderlo y veía que funcionaba?

–¿Es ese su coche? –preguntó Rosie al pasar junto a él–. ¿Qué le pasa?

–Ya te he dicho que no lo sé –contestó Matt–. ¿Te importa estarte quieta? Ya casi hemos llegado.

–¿Dónde está?

–Supongo que en el salón –contestó Matt rezando para que no se hubiera ido de inspección por el resto de la casa. No parecía que Sara fuera así.

En cuanto paró el coche, Rosie saltó con la cartera a la espalda. Dobló la esquina en dirección a la puerta trasera. Matt oyó a los perros y corrió hacia allí para advertirle a la niña que no los dejara entrar en casa.

Demasiado tarde.

Al llegar al salón, se encontró con lo último que podía esperar. Sara estaba arrodillada en el suelo con los dos perros lamiéndola de arriba abajo; y Rosie sonreía encantada.

Hacía tiempo que no veía a su hija tan contenta y se sintió culpable por obligarla a llevar una vida tan solitaria, buena para un adulto, pero quizá no tanto para un niño.

Con Hester había sido más fácil, pero desde su jubilación, Rosie se encontraba muy sola.

Sara se apresuró a ponerse en pie cuando lo vio

aparecer. Se fijó en que se había quitado los zapatos de tacón. Iba descalza y, de repente, a Matt se le antojó que los pies eran una parte de la anatomía femenina de los más sensual.

–Lo siento –dijo agarrando a los perros–. No he llegado a tiempo de decirle a Rosie que no los dejara entrar.

–No pasa nada –contestó Sara pasándose las manos por la falda–. Iba a tener que conocerlos tarde o temprano.

–Sara, ¿no te gustan Hubble y Bubble? –preguntó Rosie indignada.

Matt suspiró exasperado.

–Rosie, no a todo el mundo le gustan tanto los perros como a ti –le dijo–. Por cierto, ¿quién te ha dado permiso para tutear a nuestra invitada? Pide perdón.

Rosie se sonrojó.

–No me importa –sonrió Sara–. ¿Cómo has dicho que se llaman los perros? ¿Hubble y Bubble? Encantada de conoceros a todos –añadió dándole la mano a la niña.

Matt se dio cuenta de que se acababa de ganar a su hija. No supo si sentirse bien o mal por ello. Una cosa era querer ayudar a una desconocida y otra que Rosie cayera rendida a sus pies. Volvió a pensar que no sabía nada de ella y se preguntó por enésima vez por qué la había invitado a quedarse.

–Encantada de conocerte –contestó Rosie–. Mi

padre me ha dicho que, a lo mejor, te quedas con nosotros. Espero que sí.

–Eh… bueno, solo una noche –murmuró Sara un poco confusa–. Le agradezco mucho a tu padre que me haya invitado.

–¿A que te gusta esto? –dijo Rosie emocionada–. ¿Estás de vacaciones o buscas trabajo?

Matt vio que Sara estaba desconcertada.

–No… lo he decidido –contestó sonrojándose–. Este lugar es muy bonito –añadió mojándose los labios y mirando por la ventana hacia la bahía–. Tienes suerte de vivir aquí.

Matt se dio cuenta con fastidio de que estaba siguiendo los movimientos de su lengua. Se enfadó consigo mismo por tener actitudes tan inmaduras. Por Dios, era un adulto, no un adolescente. ¿Qué tenía aquella mujer que le interesaba tanto?

–Eso es lo que dice mi padre –exclamó Rosie.

–Y seguro que tiene razón –murmuró Sara agachándose para acariciar a los perros. A Matt se le fueron los ojos a su escote–. Si vivieras en una ciudad, tal vez no podrías tener a estos dos.

–¿Tú vives en una ciudad? ¿Y no te gustaría vivir en la costa?

–¡Rosie! –dijo Matt temiéndose lo que llegaba a continuación.

Demasiado tarde.

–Porque mi padre está buscando a alguien

para cuidarme –le dijo con decisión–. No tendrías que hacer mucho. Llevarme al cole y cosas así. No harías de niñera porque soy demasiado mayor para eso, pero podrías quedarte a vivir con nosotros, ¿verdad, papi? Así, no estaría siempre en medio cuando trabajas, como me dijiste el otro día.

Capítulo 4

SARA no quería sentir pena por Matt Seton, pero no pudo evitarlo. Vio su mirada de angustia ante las palabras de su hija, que no les había dado ninguna importancia. Era obvio que la quería muchísimo y le había dolido que la niña creyera que era un estorbo para él.

–Verás… –dijo mirando a Rosie intentando buscar las palabras adecuadas para no hacerla sufrir– te agradezco mucho…

–La señorita Victor se va mañana –la interrumpió Matt. Aunque ella iba a decir lo mismo, la molestó su tono–. Además, seguro que nuestra vida le parece sosa.

Rosie la miró con tristeza.

–¿Sí?

–Claro –dijo Matt sin darle tiempo a contestar–. Bueno, ¿por qué no sacamos a los perros de aquí? Lo están poniendo todo perdido de pelos.

–Si tú lo dices –dijo Rosie.

–Yo lo digo –insistió Matt con dureza–. Perdone, señorita Victor –añadió llevándose a los perros.

–Si puedo ayudarlos en algo… –dijo Sara.

–Es usted una invitada, así que no hace falta que haga nada –contestó Matt–. Voy a ver qué nos ha dejado la chica para cenar.

Sara dio un par de pasos hacia él.

–Es pronto todavía –protestó–. ¿Y si sacamos a los perros de paseo? Rosie y yo podríamos…

–No –dijo Matt irritado.

–¿Por qué no, papá? –imploró Rosie–. Siempre solemos sacarlos cuando llego del colegio.

–Para empezar, porque la señorita Victor no tiene zapatillas de deporte.

–No las necesito para pasear por la playa –dijo Sara emocionada ante la idea de mojarse los pies en el agua del mar y olvidar por un rato sus problemas–. No tardaremos en volver.

–Lo siento, pero no.

–¿Y si vienes con nosotras, papá?

–Rosie…

–Por favor, papá, por favor –rogó la niña agarrándolo de la mano–. Te vendrá bien andar un poco. Será divertido.

Matt miró a Sara con dureza y ella tuvo la sensación de que le echaba la culpa de aquel embrollo.

–Bueno, media hora, ¿de acuerdo? –cedió por fin.

La niña se abrazó a sus piernas y le dio las gracias veinte veces. Sara prefirió concentrarse en ir a buscar su cazadora que en lidiar con la mirada de reproche de Matt. La verdad, le importaba un bledo.

Salieron de la casa por la cocina y siguieron un camino bordeado de flores. Los perros corrían delante de ellos.

—¿A que te alegras de haber venido, papi? —dijo Rosie dando brincos.

Matt apretó los dientes.

—Supongo —contestó sonriendo a su hija—. ¿Seguro que va bien sin zapatos? —añadió mirando a Sara, aún enfadado.

—Seguro —mintió ella.

Tuvo que hacer un esfuerzo para no gritar un par de veces al clavarse las piedras, pero, al llegar a la playa, la arena le pareció un bálsamo y corrió hacia el mar encantada.

Rosie salió corriendo por la orilla con los perros y Sara se dio cuenta de que se iba a tener que quedar con Matt.

—No tan fácil como parecía, ¿eh?

—No soy tan frágil como usted cree —protestó—. ¡Nunca me había parado a pensar que hubiera playas salvajes como esta en Inglaterra! —añadió mirando a su alrededor con deleite—. ¡Es precioso!

—Robinson Crusoe no tiene nada que envidiarnos —contestó Matt más relajado—. A pesar de la soledad, aquí se vive muy bien.

—Me lo creo —suspiró Sara mientras una ola le bañaba los pies—. ¿Por qué se vino aquí?

—Porque está muy lejos de Londres y porque mi familia es de aquí.

—¿Vivía en Londres antes?

—Cuando terminé la carrera, me quedé allí —contestó—. ¿Y usted también huye de Londres, señorita Victor?

—No suelo huir de los lugares.

—¿Y de las personas?

Incómoda, Sara se metió más en el agua. Estaba helada, pero cualquier cosa era mejor que tener que contestar a las preguntas de aquel hombre tan agudo.

Viendo que Sara estaba en el agua, Rosie quiso quitarse los zapatos y los calcetines e imitarla, pero su padre se lo impidió.

—No, hija, todavía está muy fría. Además, la señorita Victor ya sale, ¿verdad?

A Sara no le quedó más remedio que hacerlo. La verdad era que el agua estaba gélida.

—Sí —dijo mirando a la niña—. Mira, se me ha puesto piel de gallina —sonrió.

—¿De verdad? —dijo Rosie no muy convencida.

—Sí —insistió Sara poniéndole los zapatos de nuevo.

Mientras lo hacía, se dio cuenta de que su padre la estaba mirando apreciativamente y, aunque fuera ridículo, le gustó agradarle como mujer.

Sintió un intenso calor por todo el cuerpo, pero se dijo que no la atraía aquel hombre en absoluto.

Era lo último que necesitaba. Después de cómo la había tratado Matt, estaba segura de que jamás se iba a sentir atraída por otro hombre. A Matt Seton no lo conocía de nada y, además, era más alto y más fuerte que su marido. Por lo tanto, podría resultar todavía más peligroso.

Al ir a erguirse, le fallaron las piernas. La cadera protestó de dolor y cayó de rodillas.

Apenas le dio tiempo a que se le mojara la falda porque Matt se apresuró a levantarla.

—Perdón, he perdido el equilibrio —dijo sosteniéndose sobre la pierna buena.

—¿Seguro que solo ha sido eso? —dijo él soltándola a regañadientes—. Será mejor que volvamos a casa —añadió llamando a los perros.

—Yo me caigo todo el rato —le dijo Rosie para tranquilizarla—. ¿Me das la mano?

—Gracias —contestó Sara sonriendo para disimular el dolor—. Estoy bien.

Lo peor estaba por llegar, claro. El camino de vuelta era cuesta arriba y Matt insistió en ir detrás. Sara estaba segura de que él no creía en absoluto que estuviera bien y quería cerciorarse de que llegaba al final sana y salva.

Lo consiguió, pero el dolor era insoportable. Le hubiera gustado tirarse en el césped y dar un descanso a sus pobres piernas, pero no podía ser. Matt le dijo a Sara que fuera a cambiarse de ropa.

—¿Le importaría que subiera a lavarme un

poco? –dijo Sara pensando en la cama en la que había descansado antes.

–¿Por qué no se da un baño relajante? –le sugirió él–. Parece usted cansada.

–Gracias, tiene razón.

Sara salió de la cocina sabiendo que la estaba mirando. No sabía lo que pensaba de ella, pero estaba claro que no había mejorado en absoluto la imagen que tenía sobre ella cayéndose en la playa.

Entró en la habitación, cerró la puerta y se derrumbó en la cama con alivio.

¿La habría creído? No parecía probable. Matt era un hombre observador.

Había visto en el reloj de la cocina que eran cerca de las cinco. Habían pasado casi veinticuatro horas desde que se había ido de su casa. Casi veinticuatro horas viuda. Se estremeció. ¿Qué iba a hacer?

Decidió darse un baño caliente para empezar. Tenía que aguantar quince horas más sin irse abajo. Al día siguiente, cuando Matt saliera para llevar a Rosie al colegio, le podía pedir que la dejara en el taller. Con un poco de suerte, tal vez, el coche estuviera arreglado para la hora de comer y, luego, se podría ir.

Pero ¿adónde?

¿Y si Matt no la dejaba irse?

«No debo pensar así», se dijo con severidad.

Puso el agua a correr con un buen chorro de gel

con aroma de pino y la idea de relajarse la invadió.

Al quitarse el vestido, se vio en el espejo… cubierta de hematomas. Parecía que había participado en una pelea de boxeo.

Así había sido, más o menos, pero solo uno daba golpes y otro los recibía.

Ahora, él estaba muerto y ella, no…

Se sentó derrotada sobre el bidé. No le había deseado la muerte, pero ¿quién la iba a creer?

Siempre había creído que estaba atada de pies y manos. Max se lo había dejado muy claro. Había amenazado con matar a su madre si se iba. Por no hablar de lo que le hubiera hecho a ella. Sara sabía por experiencia que su marido cumplía sus amenazas.

Entonces, ¿qué había pasado la noche anterior?

Recordó a Max levantando la mano para golpearla. Sara se había golpeado con la mesa en la cadera y había caído al suelo, donde se cubrió la cabeza segura de lo que iba a suceder a continuación. Se preparó para sentir el golpe, pero nunca llegó porque Max perdió el equilibrio y cayó rodando por las escaleras.

«Fue un accidente», se repitió por enésima vez. Sintió náuseas. Max había perdido el equilibrio porque, al hacerse un ovillo, Sara se había puesto en medio. Pero no había sido adrede. Si no la hubiera golpeado, no habría caído al principio de las escaleras y no habría sido un obstáculo. Nunca se le había ocurrido que pudiera tropezar con ella y partirse el cuello al caer.

Pero así había sido.

Oyó los gritos desesperados de Max al darse cuenta de lo que estaba sucediendo.

Había sido un accidente.

Tomó aire. Había huido porque temía que no la creyeran. ¿Cómo iban a creer que un hombre fuerte tropezara y se matara? ¿Y cuando le vieran el cuerpo magullado? Entonces, creerían que era culpable, que se había vengado.

Por eso había huido.

En ese momento, llamaron a la puerta del baño y Sara dio un respingo.

—¿Está bien?

Era Max.

—Claro —contestó en un hilo de voz—. ¿Por qué no iba a estarlo?

—Por nada, supongo, pero es que lleva usted ahí metida media hora y no he vuelto a oír movimiento desde que ha terminado de llenar la bañera. Temía que se hubiera quedado dormida dentro. Es peligroso, ¿sabe?

—¿Me está espiando?

—No —contestó indignado.

Sara se arrepintió de acusarlo así, pero no estaba acostumbrada a que nadie se preocupara por ella.

–La cena estará lista dentro de una hora, así que no hay prisa –dijo Matt.

–Gracias –contestó Sara.

–De nada –dijo él con simpatía–. No se ahogue, ¿eh?

Sara sintió que le temblaban los labios.

–De acuerdo.

–Bien.

Lo oyó salir de la habitación y se sintió muy afortunada. Era todo un halago que un hombre se preocupara por ella. Hugo siempre la había tratado con mucho cariño, pero Sara estaba segura de que, de haberse producido una confrontación, habría tomado partido por Max. Al fin y al cabo, era su hermano y, sin él, su carrera de actor no habría llegado a ninguna parte.

«Tengo que dejar de pensar en Max», se dijo.

Se aseguró de que la puerta estuviera bien cerrada y se metió en el agua. Al principio, la cadera y el muslo le dolieron mucho, pero, al cabo de unos minutos, con el agua, se le pasó y pudo relajarse.

Cerró los ojos. ¡Cuánto tiempo hacía que no se daba un baño! Con Max en casa siempre prefería darse una ducha rápida. Aun así, a veces, se le colaba en el baño y...

Abrió los ojos asqueada. Tenía que dejar de revivir el pasado. Era mejor pensar en qué iba a hacer al día siguiente, por ejemplo. Con cierta vergüenza, sintió un inmenso alivio al pensar que Max no le iba a hacer daño nunca más.

Para cuando salió del baño, se sentía mucho más persona. Se secó y se puso un albornoz color crema que había colgado en la puerta.

Se preguntó si a Matt le importaría que se quedara así un par de horas, hasta que se hubiera secado la ropa interior que había lavado. No tardaría mucho, puesto que Max siempre le compraba las braguitas y los sujetadores de encaje.

Al salir a la habitación, se quedó anonadada. Sobre la cama había un paquete de braguitas sin abrir, camisetas recién planchadas y unos pantalones de deporte. Matt no le había dicho que tuviera novia, pero debía de ser así.

¿No había hablado con una tal Emma?

Se acercó y tomó el paquete entre las manos. Le dio la vuelta y soltó una carcajada. ¡Eran de niña pequeña! ¡Eran de Rosie!

Abrió el paquete y miró las braguitas. Eran normales y corrientes, de algodón blanco. Le iban a quedar un poco pequeñas, claro, pero mejor que nada…

Sintió una inmensa gratitud hacia aquel hombre. Estaba claro que Matt quería ayudarla. No podía seguir toda la vida pensando que todos los hombres eran como Max, porque no lo eran.

Se vistió y estaba peinándose cuando llamaron

de nuevo a la puerta. Dio un respingo. No podía evitarlo. Era la costumbre.

–¿Sí?

–¿Puedo pasar? –dijo Rosie entrando.

–Me parece que ya has pasado –sonrió Sara–. ¿Qué puedo hacer por ti?

Rosie se había quitado el uniforme y se había puesto unos vaqueros. Tenía morretes de chocolate y estaba tan adorable que Sara sintió deseos de abrazarla.

–Papá me ha dicho que te diga que la cena estará en diez minutos –declaró mirando a la invitada de su padre con interés–. ¿Te has puesto la ropa de papá?

–Sí –asintió Sara–. Me la ha prestado. ¿Qué tal estoy?

–Bueno… Los pantalones te están un poco grandes, ¿no?

Sara se encogió de hombros.

–¿No te has traído ropa tuya?

–No –contestó sinceramente mostrándole el paquete de braguitas.

–¡Oh, no! –exclamó la niña–. Me las regaló la tía Margaret en Navidad y, bueno, eran un poco grandes para mí, ¿sabes? La pobre está mayor…

–Ah, pues a mí me han venido de maravilla –sonrió Sara.

–¿Te quedan bien?

–Más o menos. ¿Bajamos?

Rosie dudó.

—¿Has cambiado de opinión sobre lo de quedarte? Me gustaría que te quedaras.

Sara suspiró.

—Rosie...

—Es que papá necesitaba ayuda, de verdad. Esta mañana nos hemos quedado dormidos y casi llego tarde al colegio.

Sara sacudió la cabeza.

—No creo que debamos hablar de esto, Rosie.

—¿Por qué no?

—Porque... porque, como te ha dicho tu padre, me tengo que ir mañana.

Rosie apretó los dientes.

—¿No te gusta esto?

—Claro que sí. Tienes mucha suerte de vivir junto al mar.

—Entonces...

—Vamos a cenar —insistió Sara con decisión.

Se miró en el espejo antes de bajar. La verdad era que llevaba unas pintas horribles.

—Espero que tu padre no tenga invitados esta noche.

MATT se despertó y se quedó mirando el cielo. Había dejado la ventana abierta la noche anterior y disfrutó oyendo el ruido de las olas.

¿Por qué estaba inquieto?

Recordó a su inesperada invitada. «Bueno, ya se va», se dijo.

Tenía planeado intentar arrancar el coche al volver de llevar a Rosie al colegio. Obviamente, arrancaría y Sara no tendría excusa. Se marcharía y él podría volver a su trabajo.

No estaba seguro de que fuera a ser tan fácil. A su hija le había encantado aquella mujer, lo que no era fácil. De hecho, le había presentado a todas las candidatas que había entrevistado para ser su niñera y ninguna le había gustado.

A Rosie le había caído bien Sara desde el principio y durante la cena de la noche anterior, había terminado de ganársela. Sabía que Sara no lo hacía adrede. Simplemente, era así.

Rosie había insistido en pintarle las uñas de

un rosa espantoso y se había dejado con una sonrisa.

–¿Le gusta? –le había preguntado.

No sabía qué había contestado, pero sí sabía que aquella mujer le interesaba demasiado. Incluso con sus pantalones de deporte, que le estaban enormes, estaba increíblemente guapa.

Se encontró preguntándose si se habría puesto las braguitas de Rosie y si le quedarían pequeñas. Saber que no llevaba sujetador lo había excitado sobremanera.

Al irse a dormir, su hija lo había seguido a su habitación y le había implorado que le pidiera a Sara que se quedara unos días más.

Le había dicho que no, pero cada vez estaba más convencido de que podría ser una buena solución para todos.

No, no podía ser. Se levantó y se enfadó consigo mismo al notar la erección que le había producido pensar en su invitada. Se imaginó en la cama con ella, dándole placer, aplacando su sed entre sus muslos...

–¿Estás despierto, papá?

¿Qué le estaba pasando? ¿Qué tenía Sara Victor que le hacía tener fantasías eróticas semejantes?

–Cariño, ¿qué haces despierta tan pronto? –sonrió.

–¿Puedo pasar? –dijo mirándolo desde la puerta con el pelo revuelto–. Quiero hablar contigo.

–¿Por qué tengo la impresión de que no me va a gustar lo que me tienes que decir? –contestó Matt sospechando el tema de conversación.

–¡Papá! –exclamó Rosie subiéndose a su cama–. Es sobre Sara.

Matt se echó sobre las almohadas y miró a su hija.

–Querrás decir «señorita Victor».

–Me ha dicho que la puedo tutear –protestó Rosie–. Anoche, cuando vino a darme un beso de buenas noches. Me dijo que eso de «señorita Victor» le recuerda cuando era maestra. ¿Sabías que había sido maestra, papi?

Matt suspiró. ¿Por qué se lo habría dicho? Quiso pensar que lo había hecho sin segundas intenciones.

–Creo que me lo comentó, sí –contestó.

–Papá, por favor, ¿podrías pedirle que se quedara?

–Rosie, ya hablamos de esto ayer…

–Pero, papá, necesitamos una niñera. No paras de decirlo. ¿Por qué no puede ser Sara?

–Rosie…

–¡Por favor!

–Mira, no sabemos nada de ella. Ni siquiera sabemos de dónde ha salido.

–Pregúntaselo –contestó Rosie–. Seguro que te

lo dice. A mí me ha contado que le encanta el mar y que de pequeña la obligaron a vivir en la ciudad.

—¿Y de mayor? ¿Qué más te ha contado?

—Que nunca pudo tener un perro... ¿Quieres que le pregunte yo de dónde ha salido?

—No —contestó Matt con decisión.

—Bien —dijo la niña bajándose de la cama—. No le voy a decir nada, pero eres malo, ¿sabes? Muy malo.

—Rosie —dijo Matt agarrando a la niña del brazo—. Intenta comprenderme. Eres lo más preciado que tengo en la vida. ¿Cómo te voy a dejar con una persona a la que no conozco?

—Tampoco conocías a todas las demás —protestó Rosie.

—Ya, pero las mandaba la agencia.

—¿Y?

—Y... Intenta comprender a tu padre, cariño. No me gusta que te pongas triste, pero...

—Pues no lo hagas —imploró Rosie—. ¡Dale una oportunidad, por favor! Te prometo que me portaré bien. No la fastidiaré como a Hester.

Matt no sabía qué decir. La insistencia de su hija estaba haciendo mella en él. Además, Sara le daba buen espina. Estaba claro que era buena persona.

—Papá...

—Está bien —dijo rezando para no arrepentirse

de aquella decisión–. Le daremos unos días de prueba…

–¡Bien! –exclamó la niña, emocionada.

–El fin de semana, ¿de acuerdo? Luego, no te prometo nada.

–De acuerdo… ¿Puedo ir a preguntárselo? Por favor, por favor. Seguro que, cuando le diga que quieres que se quede, cambia de opinión.

–Espera un momento, Rosie. ¿Qué le has estado diciendo?

–No mucho; solo que me gustaría que se quedara –murmuró la niña encogiéndose de hombros–. Me dijo que no podía, pero sé que quiere quedarse, papá. Lo que pasa es que se cree que tú no quieres que se quede.

Matt miró fijamente a su hija.

–¿Te ha dicho eso?

–No, pero lo sé. ¿Puedo ir a decírselo?

–No son ni las siete –contestó mirando el reloj–. Espera y lo hablamos en el desayuno, ¿de acuerdo?

–Tienes que decirle que los dos queremos que se quede, ¿eh?

Para cuando bajó, la señora Webb ya estaba allí.

–Tengo entendido que ya tiene niñera –le es-

petó a modo de buenos días–. No me había dicho
que tuviera entrevistas concertadas ayer.

–¿Quién le ha dicho eso? –dijo Matt sirvién-
dose una taza de café.

–Rosie –contestó la señora Webb–. También
me ha dicho que se ha quedado a dormir aquí.

–A ver… todavía no hay nada decidido –dijo
Matt arrepintiéndose de haberse precipitado y
maldiciendo a su hija por ser tan bocazas–. No le
había dicho nada de las entrevistas de ayer porque, en principio, no iba a haber ninguna.

–Claro –dijo la señora Webb mirándolo con es-
cepticismo–. O sea que salió de la nada, ¿no? Qué
casualidad.

Matt sintió que se le acababa la paciencia.

–Ya le he dicho que no está decidido que se
vaya a quedar.

–¿La manda la agencia?

–No –suspiró Matt–. Se le estropeó el coche en
la carretera, ¿no lo ha visto?

–Sí…

–Bueno, vino a llamar por teléfono, le conté
que estaba buscando niñera y se ofreció porque
antes era maestra.

–¿De verdad?

–De verdad –dijo Matt dando el tema por zanjado–. ¿Dónde está Rosie? Quiero hablar con ella.

–Creo que está arriba –contestó la señora Webb–.
Me ha dicho que iba a despertar a… ¿Sara?

Maldición. ¿Pero qué estaba haciendo su hija? ¿No le había dicho que ya hablaría con Sara durante el desayuno?

Se fue a la biblioteca con el café y la prensa y se quedó mirando por la ventana. Hacía un día maravilloso. Decidió que, tras dejar a Rosie en el colegio, se iba a poner con la novela que tenía entre manos. ¿Y Sara?

No quería pensar en ello en aquellos momentos, así que se puso a hojear el periódico. En portada, unas horribles fotos de la guerra en Oriente Medio, otro escándalo político y alguien que había ganado una fortuna en la lotería.

Nada nuevo.

Oyó a Rosie bajar las escaleras. Estaba a punto de levantarse cuando vio una pequeña fotografía que le llamó la atención. Era Sara.

No se llamaba Sara, claro, sino Victoria. Victoria Bradbury, esposa del empresario de teatro Max Bradbury, y la estaban buscando.

–Victoria –murmuró.

«Señorita Victor…» No había querido mentir demasiado, pero no le había dicho la verdad.

Leyó el artículo y frunció el ceño. Según el periodista, llevaba dos noches desaparecida y tanto su marido como su madre estaban muertos de preocupación. Por lo visto, el señor Bradbury había sufrido una caída y no se había dado cuenta de la desaparición de su mujer hasta la mañana siguiente.

Menos mal que, antes de perder el conocimiento, había podido pedir ayuda por teléfono.
Su hermano, el actor Hugo Bradbury, decía que
era muy raro que Victoria se hubiera ido sin decirle a su marido adónde. Temían que la hubieran
secuestrado. Su marido había pasado una noche
en el hospital, pero había pedido el alta volunta-
ria para ponerse a buscar a Victoria cuanto antes.
Max Bradbury era un hombre muy rico y estaba
dispuesto a no escatimar en gastos para encontrarla.

El artículo terminaba pidiendo la colaboración
ciudadana. Si alguien la había visto, debía llamar
a la policía o a un número de Londres.

Matt suspiró, cerró el periódico y se quedó mirando al techo. Volvió a abrirlo y volvió a mirar la
foto. Sí, era ella, era Sara… bueno, Victoria.

A no ser que tuviera una gemela, era la mujer
que había pasado la noche en su casa. Maldición.
¿A qué estaba jugando?

Sintió cómo el enfado se apoderaba de él. Se
había dejado engañar. La había visto tan desvalida que había sentido pena por ella. No había creído lo que le había contado, pero ¿cómo había
sido tan tonto como para sentir cierta responsabilidad sobre ella? Se debía de haber reído de él a
gusto.

La esposa de Max Bradbury. Se preguntó cuánto
tiempo llevarían casados. Aquel hombre debía de

andar por los cincuenta, así que debía de sacarle, por lo menos, veinte años. ¿Qué habría pasado? ¿Se habría hartado del viejo? ¿No le prestaría suficiente atención el empresario y habría huido para recordarle la suerte que tenía de tener una esposa joven y guapa?

Entonces, ¿para qué quería un trabajo? ¿Por qué le había dicho que era maestra? Un hombre como Max Bradbury jamás se habría casado con una profesora. No, seguro que era una niña bien.

—El desayuno está listo, papi.

Entonces, Matt se dio cuenta de que Victoria Bradbury no lo había engañado solo a él; también había jugado con los sentimientos de su hija.

Decidió hablar cara a cara con su invitada y, luego, llamar al número que aparecía en el periódico. Le produciría una gran satisfacción devolver a Victoria Bradbury a su casa.

¿No?

Dobló el periódico y lo guardó en un cajón.

—¿Vienes, papá?

—¿Se ha levantado… Sara?

La niña se encogió de hombros.

—Está en el comedor —contestó—. No le he dicho nada, ¿eh?

—Muy bien, vamos.

Al entrar en el comedor, se encontró con que la señora Webb estaba interrogando a Sara-Victoria.

—Buenos días —dijo con alegría.

Llevaba de nuevo el vestido con el que había llegado y Matt no pudo evitar fijarse en sus pechos, que se adivinaban bajo la tela medio transparente. Era azul y verde, a juego con sus ojos… que lo miraban con intensidad.

–Buenos días –contestó ella.

–Siéntate aquí, papá.

Rosie le mostró la silla que había junto a Sara. Matt se sintió como un colegial. Maldición, no era más que una mujer. ¿Qué más daba que se excitara con solo mirarla? Ni siquiera saber que era la esposa de otro hombre lo evitaba, la verdad. Debía actuar con naturalidad.

–¿Ha dormido bien? –le preguntó.

Se moría por sacar el tema de su identidad, pero no podía ser delante de Rosie y la señora Webb.

Para colmo, le había prometido a la niña hablar del trabajo de Sara durante el desayuno.

–Muy bien –contestó ella con educación.

Matt se fijó en que seguía teniendo ojeras.

–Aquí hay mucha tranquilidad –añadió.

–A Sara le gusta mucho esto, papá –apuntó Rosie.

–Usted no es de por aquí, ¿verdad, señorita Victor? –dijo la señora Webb sirviéndole los cereales a Rosie–. Tiene usted acento del sur.

Matt la vio tensarse y conseguir sonreír.

–Eh… sí. Soy de Londres –confesó a regañadientes.

–¿Quiere algo más?

–No, con la tostada me basta –contestó Sara
aliviada por el cambio de tema.

–¿Seguro?

–Sí, sí.

–Muy bien –dijo la señora Webb yéndose.

–Está enfadada porque hoy no desayunamos
con ella –rio Rosie.

Matt suspiró.

–Es un poco cotilla, ¿sabe?

Sara tomó una tostada y le puso mantequilla,
pero Matt se dio cuenta de que apenas la mordis-
queaba.

«Así, no me extraña que esté tan delgada»,
pensó. Bueno, ¿y qué? No era asunto suyo. Seguro que no tenía hambre porque la aterraba que
se descubriera la verdad. ¿Por qué mentía? ¿Por
qué habría abandonado su casa?

–Hoy no te vas, ¿verdad, Sara? –dijo Rosie dándole una patada a su padre por debajo de la mesa–.
Papá, Sara se podría quedar… un día más, ¿verdad?

–No creo que sea buena idea –dijo la aludida.

A pesar de que Matt quería que se fuera, al ver
la carita de su hija no tuvo valor para contrade-
cirla.

–Sí, quédese –contestó pensando que merecía

una oportunidad para explicarle qué estaba ocurriendo.

Vio que estaba indecisa. Él, también. No le debía nada a aquella mujer y, sin embargo, le daba pena.

No muy inteligente por su parte, seguramente.

Capítulo 6

SARA volvió a su habitación cuando Matt se fue a llevar a Rosie al colegio. No quería que la señora Webb tuviera oportunidad de hacerle más preguntas.

¿Por qué había accedido a quedarse otro día? ¿Por qué no había puesto una excusa y se había ido? Los cotilleos de la señora Webb podían ser peligrosos.

Sí, pero el coche no estaba arreglado todavía.

Y necesitaba dinero.

Se había ido de Londres con las tarjetas de crédito y poco más, pero no las podía usar porque eran fáciles de rastrear.

Trabajar para Matt Seton habría sido una buena solución, pero debió imaginar que le iba a pedir referencias y a hacer todo tipo de preguntas. Al fin y al cabo, estaba en su derecho.

Sabía que debería irse cuanto antes, antes de hacer o decir algo inconveniente. La noche anterior había olvidado prácticamente lo sucedido. Se lo había pasado tan bien en la cena… ¿Era mala persona por ello? Por primera vez en muchos años, se había sentido realmente ella, sin miedo.

Si Max la hubiera visto habría dicho que había dejado que Rosie le pintara las uñas para atraer la atención de Matt. Si Max hubiera estado allí, habría convertido un juego inocente en algo feo.

¿De verdad había sido tan inocente o realmente, como siempre le decía su marido, era una provocadora nata? Era cierto que le había gustado Matt desde que lo había visto bajar del Range Rover el día anterior. Era inútil no querer verlo. Matt era un hombre atractivo que no tenía nada que ver con Max.

¡Gracias a Dios!

¿Por qué estaba tan segura de que era una buena persona? No debía fiarse mucho de sí misma. Al fin y al cabo, se había casado con Max Bradbury, ¿no? Lo había tomado por un buen hombre; al ser mucho mayor que ella le había inspirado confianza y su intención de apartarla de la monótona existencia que, según él, llevaba le había parecido a Sara amor y no un horrible deseo de posesión. Lo único que había hecho por ella había sido convertir su vida en una pesadilla.

Y, desde la tumba, seguía controlándola de alguna forma.

Se estremeció. ¿Cómo podía pensar en Matt Seton cuando su marido estaba en el tanatorio por su culpa? Se preguntó qué pensaría Matt cuando se enterara de quién era en realidad. La tomaría por una asesina. Obviamente, no le haría ninguna gracia que su hija estuviera con alguien así.

Y en cuanto a algo más... sonrió amargamente. No había hombres en las cárceles de mujeres.

La verdad era que lo mejor que podía hacer por ellos era irse; no quería ocasionarles problemas, pero el coche... siempre el coche...

Matt no tardaría mucho en enterarse de la verdad. Max era conocido. Seguro que los medios de comunicación se hacían eco de su muerte tarde o temprano.

Se acercó a la ventana. Hacía un día maravilloso. Decidió que, como sabía cuánto tiempo le quedaba de libertad, tenía que aprovecharlo y salió a dar una vuelta por la playa. Quería sentir el viento y el sol.

Necesitaba tiempo a solas para pensar qué iba a hacer.

Llevaba un rato andando por la playa, disfrutando de aquella inusitada libertad, cuando oyó su nombre. Obviamente, era Matt.

Suspiró y se giró un poco molesta. ¿Por qué no la dejaba un poco en paz? No era su guardián, ¿no?

Sin embargo, se encontró con algo que la hizo cambiar de opinión rápidamente. Había subido la marea y no podía retroceder. Matt estaba al otro lado del agua. Sara intentó no tener miedo.

Observó cómo Matt se metía en el agua e iba hacia ella.

—¡No se mueva! —le gritó con el agua por los muslos.

Sara obedeció nerviosa. ¿Qué habría hecho si no llega a aparecer Matt? Apenas sabía nadar. Si Max hubiera estado allí, le habría recordado lo estúpida que era.

Matt llegó a su lado y Sara lo miró con ojos de disculpa.

—Debería haberle dicho a la señora Webb que venía a dar un paseo, ¿verdad? Lo siento, solo quería que me diera un poco el aire. No sabía que…

—Bueno —la interrumpió Matt con un suspiro de exasperación—. Vámonos de aquí antes de que siga subiendo el agua. Como yo ya estoy mojado, la llevaré en brazos.

—No es neces…

Ni caso. En un abrir y cerrar de ojos, se vio en sus brazos y no pudo ahogar el grito de dolor que eso le produjo en la cadera.

—¿Le he hecho daño? —preguntó Matt viéndola palidecer.

—No… no es nada —contestó intentando disimular—. Es que me ha sorprendido.

—Agárrese —le indicó mirándola con curiosidad.

Sara le pasó los brazos por el cuello y Matt comenzó a andar hacia la arena seca del otro lado. No pudo evitar fijarse en su boca, en sus largas pestañas, en el olor de su jabón…

Se fue dando cuenta de la reacción que provocaba en ella y se preguntó si a él también le pasaría lo mismo. ¿Estaría excitado?

Qué bien se sentía entre sus brazos. ¿Cómo sería sentirlo en zonas más íntimas?

«Esto tiene que parar», se reprochó a sí misma. Nunca había tenido fantasías sexuales con nadie. Nunca le había interesado demasiado el sexo. La única persona con la que se había acostado había sido su marido.

Nada más recordar a Max, se estremeció con violencia.

—¿Se está mojando? —le preguntó Matt.

—No —contestó con más dureza de la necesaria.

—Bueno, ya casi hemos llegado —dijo Matt enarcando una ceja sin comprender qué pasaba—. Le debería haber advertido que las mareas por aquí son peligrosas.

—No ha sido culpa suya —contestó Sara—. Ya puede bajarme.

—¿Y si no quiero?

Sara lo miró sorprendida.

—Me parece que usted y yo, señora Bradbury, tenemos que hablar, ¿verdad?

Sara se había quedado de piedra.

—¿Cómo sabe quién soy? —preguntó sin molestarse en negar su identidad.

Matt la depositó en el suelo.

—¿Usted qué cree? Porque he visto su fotografía en el periódico —le aclaró—. ¿Le importa que sigamos hablando cuando me haya cambiado de ropa? Estoy calado.

Sara sintió la boca seca, pero tenía que hablar, tenía que defenderse.

—Fue... fue... un accidente —acertó a decir—. No fue culpa mía. No quería...

—¿Engañarme? Sí, claro —dijo yendo hacia la casa—. Voy a cambiarme antes de agarrar una pulmonía y ahora hablamos.

Intentó despegarse los vaqueros de la piel, pero lo único que consiguió fue que Sara se quedara mirando fijamente la tela que cubría su erección.

—Me parece que no estoy tan frío como creía —comentó Matt siguiendo su mirada.

Sara se sonrojó hasta las orejas.

—Venga, vamos... Por cierto, ahora, cuando entremos en casa, le voy a decir a la señora Webb que le mire la cadera. Antes de casarse, era enfermera.

Sara apretó los labios. No era el momento de ponerse a discutir, pero el hecho de que supiera quién era no le daba derecho a decirle lo que tenía que hacer. No pensaba dejar que la señora Webb ni nadie la examinara. Si la detenían... se mojó los labios. Bueno, ya vería entonces cómo hacía frente al problema. Hasta entonces...

Subir el camino de vuelta le costó todavía más

que el día anterior. El dolor era espantoso. Además, tenía miedo. ¿Habría llamado Matt a la policía ya o le dejaría contar su versión antes de entregarla?

—Debería haberme dicho que iba a salir. Le habría advertido sobre las mareas —la regañó la señora Webb nada más llegar.

—Lo sé —dijo Sara.

—Vuelvo en quince minutos —indicó Matt desapareciendo y dejándola a solas con el ama de llaves.

—Voy a subir a mi habitación un rato —dijo Sara intentando escaparse.

—¿Por qué no se queda un rato conmigo? —dijo la señora Webb.

—Eh… porque tengo que ir al baño —mintió Sara.

—¿Hace mucho que conoce a Matt?

La pregunta la pilló por sorpresa.

—No, desde ayer. Creía que lo sabía.

—Sé lo que me ha dicho él y lo que veo. Me parece extraño que Matt se preocupe tanto por una persona que apenas conoce.

—De verdad, no nos habíamos visto nunca antes.

La señora Webb se encogió de hombros y volvió a revolver el guiso que estaba preparando, momento que aprovechó Sara para salir de la cocina.

Se metió corriendo en su habitación, su refugio, y se tumbó en la cama. Aunque aquella no era su casa, se sentía a gusto en aquel dormitorio.

No como en su propio piso, situado en una de las mejores zonas de Londres. Max había contratado a una famosa empresa de decoración y ella no había podido ni abrir la boca. Odiaba cómo lo habían decorado. Era una casa sin alma.

Más bien, odiaba todo lo que tenía que ver con la vida que llevaba con Max. Odiaba su Rolex, sus trajes de Armani y su Bentley. Para él, ella solo había sido un objeto más. La única diferencia era que trataba mejor su reloj, sus trajes y su coche que a ella.

Se levantó el vestido para ver cómo tenía la cadera. Maldición. Le estaba empezando a sangrar. No debía permitir que se le manchara el vestido. Fue al baño a ver si encontraba tiritas.

—¿Sara?

Era Matt. Sara sintió pánico. Una cosa era que supiera lo de la caída de su marido y otra que viera sus heridas. Se moría de la vergüenza. Estaba decidida a conservar la dignidad hasta que llegara la policía.

—¿Qué quiere?

—¿Puedo pasar?

—¿Para qué? No necesito ayuda.

—No era por eso… Es que le he traído un regalo.

¡Un regalo!

Sara parpadeó.

–Eh… déjelo sobre la cama –contestó preguntándose qué sería–. Ahora salgo.

–¿Qué hace? ¿Qué tal la cadera?

Sara se estremeció.

–Bien, gracias –mintió.

Matt no la creyó y abrió la puerta.

–¿Qué…? –se interrumpió al ver la cadera herida–. ¿Se lo he hecho yo? –añadió asustado.

–Claro que no –contestó Sara intentando mantener la calma.

Al darse cuenta de que las braguitas que llevaba eran muy pequeñas, dejó caer la falda del vestido.

–Me caí antes de llegar aquí.

–Se cae usted mucho, ¿no? –dijo Matt mirándola con incredulidad.

–¿Qué quiere usted decir?

–Su marido también se cayó, ¿no? ¡Qué casualidad!

–¿Qué sabe usted de eso?

–Nada, pero estoy deseando que me lo cuente. No quiero parecer pesado, pero una caída no es suficiente para tener la cadera así.

–Si usted lo dice –contestó Sara–. ¿Me va a entregar?

Matt la miró a los ojos.

–¿Entregarla? –repitió anonadado–. Habla usted como si fuera una delincuente. Por lo que tengo entendido, huir de casa no es un delito.

—¿Huir de casa? Pero ha dicho que sabía que… Max se había caído.

—¿Y?

—Y… ¿Cómo lo sabe? ¿Sabe que… está muerto?

—¿Muerto? ¡No! El periódico decía que había podido llamar a una ambulancia antes de desmayarse. Pasó una noche en el hospital y le dieron el alta ayer por la mañana. Su marido teme que la hayan secuestrado.

Capítulo 7

MATT no creía que Sara se pudiera poner más pálida, pero así fue.

–No… no puede ser. Me está usted mintiendo –dijo en un hilo de voz.

Matt se preguntó por qué la noticia de que su marido estuviera vivo la afectaba tan negativamente.

–¿Por qué le iba a mentir? Sara…

–Max me llama Victoria –dijo antes de desmayarse.

Era la segunda vez que tenía que recogerla del suelo. No pesaba nada. ¿Cuánto tiempo llevaría sin comer bien? En el día que llevaba en su casa, había picoteado, pero nada más.

La puso en la cama mientras miles de preguntas se agolpaban en su cabeza. ¿Por qué no comía? ¿Por qué huía? ¿Por qué tenía aquella herida en la cadera? Obviamente, por miedo, pero ¿de qué?

Se quedó mirándola. No parecía una esposa mimada que huyera de su marido para fastidiar.

Vio que estaba volviendo en sí y, como sabía que no le iba a contar nada, decidió hacer algo que esperaba que le perdonara.

Le levantó la falda y observó la terrible lesión. No tenía mucho tiempo, así que volvió a ponerle el vestido bien y se sentó a su lado sin saber qué decir. Estaba horrorizado.

Tenía cicatrices y hematomas por todo el cuerpo, unos más recientes que otros. Le habían pegado, y mucho. Matt sintió deseos de matar al hombre que le hubiera hecho aquello.

—¿Ha sido su marido? —le preguntó por fin.

—¿Qué más da? —contestó Sara, que había despertado por completo.

—Tiene que verla un médico.

—No —contestó ella con decisión.

Matt pensó que no era el momento de decirle que él, antes de convertirse en escritor, se dedicaba a la medicina.

—Hay un botiquín de primeros auxilios en mi baño —le dijo—. Déjeme que la cure.

—Puedo hacerlo yo sola —protestó.

—No lo pongo en duda, pero prefiero asegurarme de que no hay infección —insistió Matt indicándole que no se levantara de la cama.

—No hay infección, solo sangra un poco.

—Ya lo veo.

—Señor Seton…

–No me llame así –le pidió Matt con impaciencia–. Ya es tarde para comportarnos como si no nos conociéramos de nada. No es cierto y ambos lo sabemos. Aunque no le guste, me siento responsable de usted.

–¡No me tenga lástima!

–No lo haré si hace lo que le diga.

–Eso se me da muy bien, se lo aseguro –contestó Sara con tristeza.

–Sara…

–¿No sería mejor que me llamara Victoria? –le dijo con amargura–. ¿Me he desmayado?

–Sí –asintió Matt–. Quédese aquí, por favor. Ahora mismo vuelvo.

–¿Me ha dicho que Max… está vivo?

–Sí –dijo Matt dubitativo–. ¿Por qué creía que no lo estaba? ¿Qué pasó antes de que huyera de su casa?

–Estaba muy quieto –murmuró recordándolo–. No tenía pulso. Estaba segura de que… –apretó los labios–. Dios mío, se va a poner como loco cuando descubra que me he ido.

Matt sintió que lo invadía la ira, pero consiguió controlarse.

–Túmbese, ¿de acuerdo? Voy a por mis cosas.

Sara no contestó.

Matt se apresuró a agarrar la bolsa que tenía en su armario. Al volver, se la encontró sentada en la cama. Se había bajado más el vestido aun a riesgo de manchárselo. Obviamente, todo aquello la mortificaba.

—A ver qué tenemos por aquí —dijo Matt intentando comportarse con naturalidad—. Tiritas, vendas… y pomada antiséptica. Bien.

—No hace falta, de verdad —murmuró Sara.

—Tenemos que hablar —dijo Matt abriendo las tiritas—. ¿Por qué no empieza por contarme por qué creía que su marido estaba muerto? ¿Intentó matarlo?

—¡No! —gritó con horror—. Max se cayó por las escaleras de casa. Le tomé el pulso, pero no se lo encontré —añadió tomando aire—. No fue Max quien llamó a la ambulancia, sino yo.

—¿Por qué no se quedó a esperarla? —dijo Matt intentando distraerla. La tumbó sobre las almohadas y le volvió a levantar el vestido—. No entiendo por qué huyó.

—¿No? —rio sin ganas—. Bueno, no sé si lo entenderá, pero creo que sufrí un ataque de pánico. Tuve miedo de que nadie creyera mi versión de los hechos.

Matt frunció el ceño.

—Yo la creo —dijo—. Viendo lo que ese canalla le ha hecho es imposible no creerla. Por Dios, Sara, ¿por qué no se separó?

Sara contuvo el aliento.

—Nunca nadie creería que Max me ha hecho esto. Si lo conociera, le parecería un hombre encantador. Hugo lo cree así y mi madre, también. Según ella, soy una esposa desagradecida.

Matt terminó de limpiar la herida y apretó los dientes con rabia. ¿Quién demonios era aquel Hugo?

—¿Quién es Hugo? —preguntó presa de los celos.

—El hermano de Max —contestó Sara.

Matt se sintió de lo más estúpido. Claro que era su hermano; recordaba haber leído su nombre en el periódico.

—No sabe nada. Él cree que somos la pareja ideal. Es un romántico empedernido.

—¿Y su padre? —preguntó Matt, furioso ante la brutalidad de su marido.

—Mi padre murió hace mucho tiempo y mi madre jamás me creería. Vive muy bien gracias a Max —dijo avergonzada—. ¿Ha terminado?

—No —contestó Matt—. Maldita sea, Sara, las mujeres no tienen por qué aguantar esto. ¿Por qué no se divorció?

—No lo entendería… Le agradezco lo que está haciendo por mí, pero, por favor, no me venga ahora con consejos, ¿de acuerdo? Sé lo que estoy haciendo y lo que tengo que hacer y divorciarme no es posible.

—¿Por qué no? —dijo Matt con impaciencia.

Sara lo miró, pero no le contestó.

—Ahora que sabe quién soy en realidad, me tengo que ir, tengo que volver.

—¡No! —exclamó pensando en lo que sería capaz de hacerle su marido.

Había terminado de vendarle el muslo y era obvio que ella se quería levantar de la cama, pero no se lo permitió aún. La acarició y la miró con deseo.

—Por favor —rogó Sara.

—Me gustas —confesó.

—Oh, Matt —susurró con un sollozo.

Sin pensar lo que hacía, inclinó la cabeza y le besó la herida.

Sara dio un respingo y apretó los puños. Matt se dio cuenta de que Sara no había hecho nada ni para pararlo ni para indicarle que siguiera. La decisión dependía de él. Debía comportarse, pero era tan difícil dejar de acariciar aquella piel tan maravillosa...

Se moría por explorar todo su cuerpo. No podía parar.

Siguió besándola y subió hasta la tripa, deslizó las manos por dentro del vestido hasta tocarle el sujetador. Quería quitárselo, veía los pezones erectos y su reacción física ante el cuerpo de Sara no se hizo esperar. La erección era tan fuerte que le dolía.

¡Dios!

Tenía que parar. Se apartó y la miró a los ojos. Y allí vio lo último que había esperado ver: arrepentimiento. Entonces, ¿le había gustado?

–¿Me dejas levantarme ya o me vas a pedir que te pague por tus servicios? –le espetó con frialdad–. Max siempre dice que todos los hombres sois iguales en eso.

Matt se sonrojó. Se apartó hasta los pies de la cama y se preguntó cómo había sido tan tonto como para pensar que Sara podía querer algo con él.

–Perdón –dijo Sara acercándose a él–. No debería haberte dicho eso. En realidad, yo nunca diría con el corazón algo así.

–¿No? –dijo Matt decidido a no poner sus sentimientos al descubierto de nuevo. Se puso en pie y se metió las manos en los bolsillos en lo que esperaba fuera una actitud de indiferencia–. Me alegro, porque no quiero que pienses que estaba intentando seducirte.

–Claro que no –contestó Sara poniéndose también en pie–. Matt, sé que lo haces con buena intención, pero…

–No me vengas con sermones –la interrumpió con dureza–. Es obvio que he hecho el idiota y te pido perdón –añadió alejándose de ella–. Te voy a dejar sola. Llámame cuando hayas decidido qué quieres hacer…

–¡No! –dijo Sara agarrándolo del brazo–. Por favor, Matt, no te vayas enfadado conmigo.

Matt suspiró.

–No estoy enfadado contigo –le aseguró fijándose en la bolsa que había dejado sobre la bu-taca–. Te he comprado un par de cosas para que te puedas cambiar de ropa antes de irte.

Sara no se molestó ni en mirar los vaqueros y la camiseta que le había comprado.

–¿Quieres que me vaya?

–Creía que eso era lo que querías hacer –con-testó intentando controlar la urgencia de rogarle que se quedara.

Sara tragó saliva.

–Es lo que debo hacer –dijo por fin–. Si me quedo, podría traerte problemas.

–Eso no me preocupa –dijo Matt–. Es tu deci-sión. Yo no te echo, que lo sepas.

Sara lo miró a los ojos.

–¿Me puedo quedar hasta mañana?

–Te puedes quedar todo el tiempo que quieras –contestó Matt besándole la mano–. No apruebo lo que vas a hacer, pero cuenta conmigo para lo que quieras. Aquí, estás a salvo, te lo aseguro.

–Oh, Matt –dijo acariciándole la cara con la otra mano–. No sé cómo darte las gracias.

–No hace falta.

Sara se acercó y le dio un leve beso en los la-bios.

–Me gustaría quedarme unos días si no te im-porta –confesó–, pero voy a tener que decirle a Max… que estoy bien.

–¿Por qué no dejas eso en mis manos? Le escribes una nota, me la das y ya me encargo yo de hacérsela llegar. Así, no corremos el riesgo de que averigüe dónde estás.

Sara lo miró con los ojos muy abiertos.

—¿De verdad? ¿Cómo?

—Mejor que no lo sepas —contestó Matt apartándole la mano de la cara para no tener tentaciones—. No te preocupes. No voy a montar ningún escándalo. No hasta que sepa hasta qué punto te tiene atrapada —añadió yendo hacia la puerta—. Comprueba si la ropa te está bien. Por cierto, la señora Webb es de confianza, de verdad.

Sara observó con tristeza cómo salía del dormitorio.

Una vez en el pasillo, Matt se preguntó cómo se iba a poner a escribir la novela en aquel estado.

Capítulo 8

SARA se pasó el resto de la mañana en su habitación intentando asimilar lo que Matt le había dicho.

Max no estaba muerto.

Se estremeció.

Decidió dejar de pensar en lo horrible que había sido su vida con él. Ahora, estaba a cientos de kilómetros de Londres. A salvo.

Se levantó y fue hacia la bolsa de ropa que le había comprado Matt. Había unos vaqueros de su talla, un par de camisetas, ropa interior de algodón y unas zapatillas de deporte.

Dos lagrimones le resbalaron por las mejillas ante tanta amabilidad. Aunque al principio no había querido que viera lo que Max le había hecho, ahora se alegraba de tener alguien que la comprendiera y con quien pudiera hablar.

Se metió en el baño y se quitó el vestido.

Cuánto le había gustado cuando se lo había comprado y qué asco le daba en aquellos momentos.

La última pelea con Max había empezado precisamente por aquel vestido. Hacía tiempo que no se compraba nada por su cuenta porque era su marido el que le compraba la ropa, pero aquel vestido de gasa le pareció elegante para la exposición de pintura que tenían la noche del accidente.

A él, por supuesto, no se lo había parecido. La había acusado de querer exhibirse, espetándole con crueldad que solo una fresca se vestía así.

Se puso los vaqueros intentando borrar aquellas imágenes de su mente. La camiseta le quedaba por encima del ombligo y sintió miedo, pero se dijo que Max no estaba allí y que podía disfrutar, por fin, de la ropa que le diera la gana.

Para cuando bajó a comer, se sentía mucho mejor consigo misma.

—Está usted muy guapa —le dijo la señora Webb, que estaba en el comedor poniendo la mesa—. Matt tiene buen gusto.

Sara sonrió agradecida.

—¿Dónde está?

—En su despacho —contestó la mujer—. Me ha dicho que fuera comiendo usted sin esperarlo porque tiene un montón de trabajo y tiene que ir a buscar a Rosie a las tres.

—No sabía que estuviera escribiendo un libro —dijo con pesar—. Tengo que pedirle perdón, no he debido de dejarle mucho tiempo para trabajar.

—¿He dicho yo acaso que se haya quejado? Si

quiere que le diga mi opinión, Matt está encantado de su presencia. La vida de un escritor puede ser muy solitaria, ¿sabe? Desde que Hester se jubiló, se ha tenido que conformar con mi compañía y la de Rosie.

—¿Quién es Hester?

—La niñera de Rosie —le explicó la señora Webb—. Se vino a vivir aquí con ellos cuando se mudaron. Bueno, siéntese, que ahora le traigo la comida.

Sara hubiera preferido comer en la cocina como el día anterior, pero temió que a la señora Webb le parecieran demasiadas confianzas por su parte.

No sabía lo que Matt le había contado, así que supuso que era mejor mantener cierta distancia.

El ama de llaves volvió con una lasaña maravillosa y pan recién hecho. Para su sorpresa, Sara se dio cuenta de que tenía hambre por primera vez desde que se había ido de Londres.

—Qué buena está —dijo probándola—. ¿La ha hecho usted?

—Claro. No me gusta nada esa comida prefabricada que venden ahora, ¿sabe? Entiendo, por supuesto, que la gente que tiene que trabajar no se pueda pasar la mitad del día en la cocina.

—Sí —dijo Sara recordando cuando cocinaba para su madre y para ella.

Eso había sido antes de que Max apareciera en sus vidas, antes de que llegara al colegio donde ella trabajaba con un cheque para equipar un nuevo gimnasio y la decisión de convertirla en la siguiente señora Bradbury.

Antes de que su madre viera en él la última oportunidad de abandonar aquella vida que, según ella, rayaba en la pobreza.

–¿Quiere algo más? ¿Helado?

–No, gracias –contestó apartando por enésima vez a Max de su cabeza–. ¿Cree que a Matt le importará que me lleve a los perros a dar una vuelta?

El ama de llaves la miró sorprendida.

–Le encantará, pero ¿va a poder con ellos? Son un poco salvajes.

–No soy tan débil como parece –sonrió Sara–. No se preocupe, no voy a volver a bajar a la playa.

–Ahora sí puede bajar si quiere, porque la marea está bajando.

Sara acompañó a la señora Webb a la cocina y la ayudó a poner el lavaplatos antes de salir al jardín. Los dos perros la recibieron con gran alboroto.

Sara estaba tan concentrada en acariciarlos que no se dio cuenta de que una mujer joven había doblado la esquina y la estaba mirando.

Obviamente, por cómo la estaba observando, no le había hecho gracia encontrársela allí. Sara sintió miedo. ¿Y si la reconocía? ¿Quién sería aquella mujer?

En ese momento, apareció la señora Webb y le contestó a aquella última pregunta.

–Señorita Proctor –sonrió el ama de llaves–. ¡Qué sorpresa!

La mujer se acercó. Iba vestida de beis, impecable, y Sara se alegró de no haber abierto el vallado en el que estaban los perros. A la señorita Proctor no parecía gustarle que los perros le pusieran las patas encima.

–¡Hola, señora Webb! –saludó–. Hace un día estupendo, ¿verdad? –añadió ignorando a Sara por completo.

Sí, era un día fantástico y Sara rezó para que la recién llegada no se lo estropeara. ¿Cómo podía pensar así? Si había alguien que no tenía derecho a estar allí, era ella, por supuesto.

–¿Matt está trabajando? –preguntó la señorita Proctor con frialdad y arrogancia.

Sara tuvo la impresión de que se creía superior a la señora Webb.

–Me temo que sí –contestó el ama de llaves entregándole a Sara los collares de los perros–. ¿La puedo ayudar en algo?

«Sí, seguro», pensó Sara decidiendo que aquella señorita no quería nada con el servicio. Bueno, aquella situación no tenía nada que ver con ella, así que decidió sacar a los perros e irse.

–No los irá a soltar, ¿verdad? –la interrumpió la voz de la señorita Proctor–. Quiero decir, preferiría que no los soltara ahora.

Sara miró a la señora Webb.

—Señorita Proctor, pase conmigo dentro, entonces. Si quiere, puede tomarse una taza de café antes de irse —añadió con resignación.

La mujer asintió con fastidio.

—Gracias —contestó mirando a Sara con curiosidad—. No sabía que Matt hubiera contratado a nadie para pasear a los perros —apuntó mojándose los labios—. ¿Es usted de por aquí, señorita…?

—La ha mandado la agencia.

La aparición de Matt las pilló a las tres por sorpresa.

—Ya te había dicho que seguía buscando niñera para Rosie, ¿verdad, Emma? —añadió Matt—. Te presento a la señorita Sara Victor. Hemos decidido estar una semana a prueba para ver qué tal todo.

¡Emma!

La mujer con la que había oído a Matt hablar el día anterior.

—Creía que me habías dicho que no habías encontrado a nadie que te gustara —exclamó Emma mirando a Sara de reojo—. Un poco precipitado, ¿no?

—Es cuando mejor salen las cosas, cuando se hacen sin pensar —contestó Matt con tranquilidad—. Sí, la verdad es que Sara llegó ayer.

—Se lleva muy bien con Rosie —apuntó la señora Webb para que no la dejaran fuera de la conversación.

Sara deseó que dejaran de hablar de ella como si no estuviera allí. La verdad es que así era mejor. Cuanta menos atención se centrara en ella, mejor.

–Cierto –dijo Matt.

Sara se preguntó si era justo que la cubriera de aquella manera.

No solo Matt, también la señora Webb.

A Emma Proctor no parecía gustarle aquella decisión tan repentina y se lo dejó muy claro. Ni la miró a la cara.

–La señora Webb me ha dicho que estabas trabajando, pero quería hablar contigo un rato sobre los libros que me ibas a firmar para la fiesta del colegio Darren.

Matt esbozo una sonrisa forzada.

–Bueno… Es que, ahora, estoy trabajando…

–Solo será un momento –insistió Emma mirando con impaciencia a las otras dos mujeres–. He venido única y exclusivamente para eso.

Matt tomó aire.

–Muy bien –dijo resignado–. Pasa.

La señora Webb le hizo una mueca a Sara mientras Emma subía los escalones en actitud triunfante. Sara sintió una repentina camaradería con el ama de llaves.

–¿Qué haces? –dijo Matt agarrándola del brazo cuando se disponía a soltar a los perros.

–La señorita Victor quería dar un paseo a los

perros y le he dicho que no había problema —contestó la señora Webb.

—No puede ser.

—¿Por qué no? —le espetó Sara soltándose.

—Porque podrías perderte. Espera a que vuelva Rosie y, luego, vamos los tres.

—No creo que la señorita Victor se pierda, Matt —intervino Emma recordándole su presencia.

Matt no dijo nada más, pero la miró con dureza.

—Está bien —dijo Sara encogiéndose de hombros. Al fin y al cabo, Matt se estaba jugando el cuello por ella—. Supongo que, de todas formas, tendré que irme en breve a buscar a Rosie.

—De eso, ya hablaremos —contestó Matt con impaciencia entrando en la casa con Emma—. Ahora salgo.

Sara apretó los labios y se volvió hacia los perros.

—Lo siento, chicos —sonrió—. Vais a tener que esperar un poco.

—Entonces, ¿se queda? —le preguntó la señora Webb.

—Solo unos días —contestó Sara—. ¿Qué le ha contado Matt?

—¿A mí? —dijo el ama de llaves, sorprendida—. Matt no me tiene que dar explicaciones de su vida.

Sara suspiró.

—Ya lo sé, pero… seguro que le ha dicho algo.

La señora Webb se cruzó de brazos.

—Ya le he dicho que si Matt dice que va a ser usted la niñera de Rosie, va a ser usted la niñera de Rosie y a mí me parece bien.

—Señora Webb…

—De acuerdo, está bien. Me ha pedido que no diga que está usted aquí. Sé que tiene usted algún tipo de problema y que Matt la está ayudando. Es lo único que sé. Confío en Matt y sé que sabe lo que está haciendo. Es un buen psicólogo, ¿sabe?

Sara la miró con los ojos muy abiertos.

—¿Es psicólogo? No me lo había dicho.

—Bueno, no le gusta decirlo —dijo la señora Webb—. Tengo que volver a la cocina…

—¿Por qué lo dejó?

La señora Webb suspiró.

—Para escribir, por supuesto.

—¿Cuando lo dejó su mujer?

—Señorita Victor…

—Llámeme Sara, por favor.

—Sara, creo que esas preguntas se las tiene que hacer a él, ¿no le parece?

Sara se sonrojó.

—Perdón, no quería cotillear.

—Ya lo sé… Mire: Carol, la ex mujer de Matt, no quiso dejar la cómoda vida que llevaba como esposa de un médico. Así de claro. Antes de ponerse a escribir, Matt no era rico, ¿sabe?

–Pero dejó también a su hija... –objetó sin entender cómo una madre podía hacer algo así.

El ama de llaves asintió.

–Sí, se casó con un compañero de Matt del hospital una semana después del divorcio y parece ser que Rosie los estorbaba –sonrió con amargura metiéndose en la casa como decidiendo que ya había dicho suficiente.

Capítulo 9

MATT se quedó mirando la pantalla del ordenador y se revolvió incómodo. Por primera vez en su vida de escritor, le estaba costando concentrarse en su trabajo, y aquello lo ponía muy nervioso.

Sabía lo que le pasaba, por supuesto. Se estaba metiendo demasiado en la vida de Sara. A pesar de que le había prometido que no haría nada que pudiera indicarle a su marido dónde se encontraba, se moría por llamarlo y decirle lo que pensaba de él. De hecho, se moría por darle un buen puñetazo, algo completamente impropio de él.

¿Por qué sentía aquella obligación sobrehumana de protegerla? ¿Y por qué le había dicho a Emma que Sara era la nueva niñera de Rosie? Supuso que, para entonces, ya lo debía de saber todo el condado.

En los tres días que habían transcurrido desde la visita de Emma, Sara se había encargado sin problemas de la niña.

Aunque Sara no era niñera, sí se veía que había sido maestra porque se le daban realmente bien los niños. Se llevaba bien con su hija y Rosie la adoraba. En circunstancias normales, se habría sentido un hombre con suerte por tenerla allí, pero las circunstancias eran todo menos normales.

Una de las cosas que más lo desasosegaba era que Sara se había negado a decirle por qué seguía con su marido. Cada vez que se lo había preguntado, le había contestado que daba igual, que total se iba a ir dentro de unos días.

Aquello era lo que lo tenía bloqueado, claro. ¿Por qué se sentía atada a él? ¿Qué oculto poder tenía aquel hombre sobre su vida?

¡Maldición! Se levantó y se puso a mirar el mar desde la ventana. Tenía que dejar de comportarse como si tuviera algo que decir en el futuro de Sara. Excepto la escena del dormitorio en la que había hecho completamente el tonto, su relación era la de un jefe y una empleada.

Le parecía tan lejana que se preguntó si no lo habría soñado, pero, al recordar los hematomas que tenía por todo el cuerpo, supo que no.

Había cumplido la promesa de hacer llegar a Max Bradbury la nota de su esposa en la que le decía que estaba bien. Tenía un amigo en el *London Chronicle* que le debía un favor y le había pedido ayuda. Por supuesto, Sara no sabía que su nota había sido publicada. Lo había hecho para impedir que el canalla de su marido no dijera nada y siguiera clamando que la habían secuestrado.

Como esperaba, a los editores del periódico les había parecido algo raro y le habían pedido explicaciones a Max. El muy cretino había dicho que, debido al golpe de la cabeza, había sufrido una pérdida temporal de memoria, pero que había recordado al leer la nota que su mujer se iba a casa de una amiga que tenía en el norte del país.

Sabía que no debería haberlo ridiculizado públicamente, pero ya era demasiado tarde. Apretó los puños al comprender que Victoria iba a pagar su error.

¡Victoria!

Apretó los dientes. Según ella misma le había contado, no se llamaba Victoria. La habían bautizado como Sara, pero a Max no le había parecido suficientemente sofisticado y ella, por supuesto, no había protestado.

Había decidido no enseñarle el último artículo aparecido en la prensa para no preocuparla, porque en él Max Bradbury daba a entender que sabía que estaba en el norte de Inglaterra.

No podía saberlo, lo debía de haber dicho a boleo y había acertado. Tenía que ser eso.

Había devuelto el coche que Sara había alquilado y ella no había dicho nada. Parecía feliz de no tener ningún tipo de obligación ni nada de lo que preocuparse.

En ese momento, sonó el teléfono.

Era Rob Marco, su agente, un buen amigo que se encargaba de las negociaciones económicas con las editoriales.

Llamaba para informarlo de que Nash, el editor con el que solían trabajar, le ofrecía la oportunidad de firmar una trilogía a cambio de una cifra astronómica de siete cifras.

Era una propuesta buenísima, pero ni eso hizo que se alegrara. Estaba demasiado preocupado.

—¿Qué te pasa, Matt? Te noto raro.

—No, no te preocupes. No me pasa nada.

—¿Es Rosie? —preguntó Rob preocupado.

—No, la niña está bien.

—¿Le has encontrado niñera?

—Más o menos.

—¿Qué es eso de «más o menos»? ¿Sí o no?

—Es solo temporal.

—Uy, uy, uy, te veo muy raro. ¿Qué pasa? ¿Te gusta la niñera de tu hija?

Matt se quedó sin palabras ante la agudeza de su amigo.

—¿Es eso? Madre mía, Matt, no te aconsejo que mezcles el amor y el trabajo. Claro, así decía yo que estabas tardando demasiado en terminar el libro…

«¿Amor?», pensó Matt con ironía. ¡Pero si era una mujer casada! No, no podía ser. Hacía mucho tiempo que no le interesaba ninguna mujer y así tenía que seguir siendo. Si hubiera querido algo con alguien, ahí tenía a Emma, que era viuda y le daba a entender continuamente que estaba dispuesta a tener con él algo más que una amistad.

No, no le interesaba ninguna mujer. Entonces, ¿por qué no paraba de pensar en Sara?

–No, Rob, no tengo nada con ella. La conozco hace muy poco, necesitaba un trabajo y se va a quedar un tiempo, pero nada más. A Rosie le gusta, que es lo que importa.

–¿Cómo es? ¿Es guapa?

En ese momento, llamaron a la puerta y Matt supuso que era la señora Webb con un sándwich.

–Adelante –dijo–. Rob no te pienso dar más detalles… Es normal, ¿de acuerdo? De todas formas, ¿qué más da? No me interesa lo más mínimo –añadió levantando la mirada y encontrándose con Sara–. ¡Maldita sea! –concluyó colgándole el teléfono a su amigo y levantándose–. Sara…

–No tenías por qué hacer eso –le dijo ella muy seria. Matt cerró los ojos para no estrecharla entre los brazos–. Podría haber vuelto un poco más tarde.

Parecía tan frágil y desvalida de nuevo...

Había engordado y tenía mejor color por haber estado al aire libre con Rosie y los perros. Hubiera jurado que estaba ganando confianza en sí misma y él lo acababa de estropear todo.

¿Cómo explicarle que había dicho eso para que Rob no sospechara nada?

—Sara... —repitió.

—Solo he venido a ver si querías comer —lo interrumpió con tranquilidad.

—Yo...

—Voy a por la bandeja que te ha preparado la señora Webb.

—¡Maldición! —exclamó Matt reprochándose su estupidez. ¿Cómo había podido olvidar que el ama de llaves le había dicho que tenía dentista a las doce?—. No hace falta que estés pendiente de mí. No soy tu marido.

—No, no lo eres.

Sara estaba saliendo por la puerta cuando corrió tras ella. ¿Por qué había dicho aquello? No lo sabía, pero era obvio que le había hecho daño. Cada vez le estaba costando ocultar sus sentimientos por ella.

La agarró del brazo en el pasillo.

—Sara, perdóname. Rob se pone muy pesado con estas cosas, ¿sabes?

—No me interesa —contestó intentando soltarse.

Matt suspiró impaciente.

–Escúchame. Rob Marco es mi agente y me ha llamado para preguntarme cuándo voy a tener terminado el libro que tengo entre manos. Le estaba poniendo como excusa que no tenía una niñera permanente para Rosie.

Sara enarcó las cejas.

–¿Y?

–Y por eso he dicho lo que he dicho. No te estaba criticando, te lo prometo. Estaba intentando distraer a Rob para que no creyera que eres mi novia.

–Mira, de verdad, no me importa…

–Pero a mí, sí –murmuró Matt–. Te estoy diciendo la verdad, maldita sea. Si hubiera terminado el maldito libro, no estaríamos teniendo esta discusión.

–¿Me estás echando la culpa? –le preguntó indignada.

–Yo no he dicho eso.

–Bien, porque a mí me parece que la verdadera culpable es la botella de whisky que he visto sobre tu mesa.

–¿Estás de broma? Solo me he servido una copa.

–Si tú lo dices.

–Es la verdad –le aseguró ultrajado–. No soy alcohólico.

–No es ni siquiera la hora de la comida y ya estás bebiendo.

Matt negó con la cabeza sin poderse creer lo que estaba oyendo.

—¿Quién te crees para decirme lo que debo o no debo hacer? —dijo agarrándola del brazo.

Al verla encogerse de miedo, se arrepintió enseguida. Era obvio que había vivido situaciones parecidas en otras ocasiones y esperaba lo peor. La abrazó con desesperación.

—Dios mío, perdóname —murmuró acariciándole el pelo—. Sara, sabes que nunca te haría daño, ¿verdad?

Sintió la camisa mojada y supo que estaba llorando. Se sintió morir. ¿Qué estaba haciendo? Quería ayudarla, pero lo estaba haciendo todo mal.

En aquel momento, ella levantó la cara y lo miró a los ojos.

No estaba enfadada. Era obvio que lo perdonaba. Era tan guapa y tan frágil…

Sabía que no tenía derecho a abrazarla de aquella manera, pero no podía evitarlo. La tenía tan cerca que, obviamente, Sara debía de estar notando la reacción de su cuerpo.

—Matt —murmuró acariciándole la cara.

Él le agarró la mano y se la besó.

Pero no era suficiente. No, él quería mucho más.

Lo estaba mirando con los ojos llorosos y la

boca abierta de forma sensual. Le tomó el rostro con ambas manos y la besó suavemente.

—Perdona —gimió al adentrarse en su boca.

Tras la duda inicial, Sara respondió de la misma manera.

Quería ser el hombre más tierno que hubiera conocido. Suponía que las relaciones que hubiera tenido con su marido no habrían sido delicadas y no quería que lo confundiera con él.

Pero se vio como un sediento en el desierto que no se diera cuenta de la sed que tenía hasta que encontraba agua. No sabía si era porque ella lo estaba besando también o por cómo lo estaba haciendo, pero lo cierto fue que entre ellos saltaban chispas.

La respuesta de ambos fue automática e incontrolable. Sintió que le pasaba los brazos por la cintura y se apoyó en el pared.

Sentía la sangre en las sienes y no podía pensar. La notó contra su cuerpo y decidió que toda aquella ropa sobraba. Tuvo que luchar para no arrancarle la camiseta y zambullirse en sus pechos.

Le acarició la espalda sin dejar de besarla y la apretó contra sí. Fue una tortura, pero mereció la pena. Sara se apretó contra él, contra su erección, y Matt se preguntó cuánto tiempo más podría aguantar.

Entonces, Sara gimió.

Por un momento, creyó que le había hecho daño, pero se dio cuenta de que no era así. Se apartó de ella sin mirarla a los ojos y le pidió perdón una y mil veces.

¿Cómo podía haber sido tan bestia como para no darse cuenta de que Sara era una mujer acostumbrada a no negarse jamás a nada?

Capítulo 10

PERO ¿por qué no te puedes quedar? –preguntó Rosie mirando a Sara con lágrimas en los ojos–. No quiero que te vayas.

–Y yo no quiero irme –contestó Sara preguntándose si no debería haberlo admitido–. Lo siento, bonita, pero ya sabes que mi estancia aquí era temporal.

–¿Por qué? Te gusta esto y a mí me caes bien. A la señora Webb, también. Incluso a mi padre.

«¿De verdad?».

Sara no estaba muy segura de aquello. Matt llevaba dos días sin apenas hablarle y la única conclusión lógica era que se arrepentía de lo que había sucedido.

Ella también se arrepentía, pero de no haber seguido. ¿Debería sentirse mal por desear conocer el amor de verdad por una vez en la vida?

«Matt no me quiere», se recordó.

Se había intentado engañar porque era un ser patético deseoso de afecto, pero la verdad era que Matt no sentía nada por ella. Se lo había dejado claro con la conversación que había escuchado en su despacho.

Y pensar que allí se había sentido feliz, querida y apreciada por primera vez en varios años… Se preguntó si no se habría engañado desde el principio.

—¿Cuándo te vas?

—Hoy no —contestó con alegría para intentar aliviar a la niña, que la miraba con una tristeza infinita.

Llevaban un rato sentadas en el suelo viendo qué muñecas podía donar Rosie para la tómbola del colegio.

Matt había recogido del colegio a su hija, la había dejado con Sara y se había vuelto a su despacho a trabajar.

—¿Salimos a dar un paseo? —propuso la niña.

—Creía que querías dejar esto hecho.

—Puedo hacerlo cuando no estés…

—Oh, Rosie…

—Anda, vamos —rogó la niña—. Si no quieres, no nos llevamos a los perros. Los ha sacado mi padre esta mañana.

—¿Ah, sí? Pues sí que se ha despertado pronto, porque yo llevo levantada desde las siete y no lo he visto.

—Sí, últimamente se despierta antes. Ya no llego tarde al colegio —contestó Rosie como si tal cosa.

—Qué bien, ¿no?

–Me da igual, la verdad –dijo Rosie un poco molesta–. Además, como dentro de poco me voy a ir interna, ¿qué más da?

–¿Cómo?

–Sí, bueno, el otro día, oí a mi padre que se lo estaba comentando a la señora Armstrong.

–¿Quién es la señora Armstrong? –se descubrió preguntando Sara.

No debería importarle, pero por un momento no pudo evitar pensar que, tal vez, fuera otra Emma Proctor.

–La madre de Rupert y Nigel, dos niños de mi clase.

–Ah… ¿Y qué los oíste comentar?

–¿A quién le importa?

–Rosie, a mí me importa –le aseguró Sara.

–Bueno… la señora Armstrong le dijo que, como no tenía suerte con las niñeras, cuando tú te fueras, sería mejor que me mandara interna.

–¿Eso dijo? –exclamó Sara un tanto indignada.

–No exactamente –admitió Rosie.

–¿Qué dijo exactamente? –preguntó Sara sonrojándose al ver que Matt estaba en la puerta escuchando la conversación.

–¿Qué pasa? –dijo mirando a ambas.

–Nada –contestó su hija–. Estábamos hablando del colegio, papá. Nos vamos a ir a dar un paseo.

–Un momento –dijo Matt–. Primero, deberías ir a ver si la señora Webb necesita algo.

–¿Como qué? –dijo la niña indignada.

Su padre la miró con dureza y Rosie comprendió que no debía rechistar. Se encogió de hombros y salió de la habitación dejando a Sara a solas con Matt.

–¿Qué le has dicho?

–¿Yo? –dijo Sara anonadada.

¿Por qué estaba tan guapo? ¿Por qué la atraía tanto sexualmente aquel hombre? Max no debía enterarse jamás. De lo contrario, se lo haría pagar con sufrimiento, como de costumbre. Al fin y al cabo, era su mujer. Tal vez, tuviera que ser así por sentir algo por un hombre que no era su marido. Claro que hacía mucho tiempo que Max no le inspiraba más que miedo y asco.

Le daba pánico pensar en lo que la esperaba al volver a Londres. Max no le iba a perdonar jamás que se hubiera marchado. Estaba segura de que la iba a culpar de su caída.

–¿De qué estabais hablando?

Sara lo miró a los ojos y decidió que no tenía nada que perder.

–¿Estás considerando la posibilidad de mandar a Rosie interna?

–¿Qué? –contestó Matt sorprendido.

–¿No es así?

–¿Qué demonios estás diciendo? ¿De dónde te has sacado eso?

–Me lo ha dicho ella –contestó Sara notando

que le estaban sudando las manos–. La preocupa lo que hagas con ella cuando me vaya.

–Jamás haría algo así.

–¿No le has dicho algo parecido a la señora Armstrong?

–¿A Gloria? –dijo Matt.

–Si así es como se llama… –contestó Sara molesta–. Parece ser que la niña te oyó decirle que tenías problemas para que no se fueran las niñeras.

–¡Maldita sea! ¿Qué te ha dicho Rosie exactamente?

Al maldecir, había alzado una mano para pasársela por el pelo y, al hacerlo, se le había subido la camisa dejando al descubierto una tripa con los abdominales bien marcados.

Sara no pudo evitar mirar fascinada.

–¿Cómo? Eh… Ahora mismo no me acuerdo de lo que me ha dicho exactamente.

–¿Cómo que no? Sara, ¿te importaría dejar de mirarme así? –dijo apartándose–. Ya me cuesta bastante no tocarte como para que encima…

–Perdón –contestó ella sorprendida girándose hacia la puerta–. ¿Quieres que me vaya?

–Claro que no y lo sabes. Saber perfectamente lo que querría hacer contigo, así que vamos a dejar de hacernos los tontos, ¿de acuerdo? Estás casada y, por alguna extraña razón, insistes en volver con tu marido. No me gusta la idea, pero no puedo oponerme porque no creo que te importen mucho mis sentimientos.

—Matt…

—No —la interrumpió él con decisión—. Por favor, dime lo que sabes de la conversación que tuve con Gloria.

Sara se mojó los labios. No quería hablar de aquella Gloria Armstrong. Lo que quería era que Matt le dijera cuáles eran esos sentimientos, pero era cierto que no podía pedirle más. Ya la había ayudado suficiente.

—Ya te he dicho todo lo que sabía —contestó—. ¿La señora Armstrong es otra de tus admiradoras? —añadió sin darse cuenta.

—¿Cómo? Sara, yo no tengo admiradoras. Gloria es la mujer de un vecino y sus hijos van al colegio con Rosie.

—Entiendo.

—¿De verdad? —dijo Matt mirando por la ventana—. ¿Qué creías? ¿Pensabas que tengo un harén y que cada noche me voy con una?

—¿Lo haces?

—Claro —se burló Matt.

Sara apretó los labios.

Maldita sea, Sara, ¿te crees de verdad que soy así? ¡No me lo puedo creer!

—¿Y Emma?

—¿Emma? Es solo una amiga —le aseguró Matt.

—¿Y su marido, también?

–¿A ti qué más te da? –contestó un poco molesto–. Es viuda –le aclaró viendo que no estaba preguntando con mala intención–. Su marido se mató en un accidente de coche hace dos años y Emma se ha quedado sola con su hijo de diez años.

Sara frunció el ceño.

–Supongo que… le vendrá bien tenerte cerca –dijo comprensiva–. ¿Sois muy amigos?

–Ya te he dicho…

–Ya sé lo que me has dicho, pero ella no se comporta como si solo fuerais amigos.

–Pero a ti, ¿te importa mucho?

Sara lo miró fijamente.

–Me importa –contestó yendo hacia la puerta–. Voy a ver qué hace Rosie.

–¡No!

Sara se giró hacia él y vio que estaba tan excitado como ella tras aquella conversación. En ese momento, oyeron pasos en el pasillo. Era Rosie. Matt se giró de nuevo hacia la ventana y se ajustó los pantalones.

–¡Papá, papá!

–¿Qué pasa, cariño? –sonrió Matt.

–¡Ha venido el tío Rob! –exclamó la niña emocionada.

–¿Rob? –preguntó Matt extrañado–. ¿Y eso?

–Ya ves, amigo –contestó un hombre alto desde la puerta.

Sara vio que Matt parecía calibrar las complicaciones que podían derivarse de la llegada de su agente.

—Usted debe de ser la niñera temporal —añadió Rob mirándola con ojos aprobadores.

—Se llama Sara —dijo Rosie.

—¿Qué haces aquí, Rob? —preguntó Matt—. Ya te dije que te llamaría.

—Ya sabes lo que dicen sobre Mahoma y la montaña, ¿no?

—Me importa un bledo, Rob. Deberías haberme llamado antes de venir —le espetó Matt.

—Ya —contestó el otro sin darle importancia—. Bueno, Sara, menuda paciencia debe de tener usted para aguantar a este hombre.

—Nos llevamos bien —contestó ella.

—Bueno, como este maleducado no nos ha presentado, ya lo hago yo. Soy Rob Marco, su agente.

—Sara y yo nos vamos a dar un paseo —anunció Rosie—. Ahora que ha llegado Rob, papá, te puedes quedar hablando con él.

—Solo hasta el acantilado —le contestó su padre.

—Yo a usted la conozco de algo —intervino Rob mirándola fijamente—. Usted es Victoria Bradbury, la mujer de Max Bradbury, ¿verdad?

—No…

—Sí, claro que sí —insistió—. He visto su fotografía en la prensa hace unos días. Su marido decía que la habían secuestrado. Debí de suponer que el canalla se estaba cubriendo las espaldas.

–Por favor… –le rogó Sara para que no continuara.

–Esta vez no le ha salido bien –añadió Rob ignorando la expresión de mortificación de Sara–. Dijo que se había caído por las escaleras y se había dado en la cabeza, y un par de días después sale diciendo que había sido todo un error. Dijo que usted le había escrito una carta diciéndole que estaba en casa de una amiga de toda la vida. Dijo que tenía amnesia y que, por eso, no se había acordado antes, pero la gente no se lo creyó. La verdad, después de lo que le pasó a su primera mujer… Qué coincidencia que la segunda también desapareciera, ¿verdad?

–La primera mujer de Max se ahogó –dijo Sara.

–Eso dijeron, pero nunca se demostró –dijo Rob–. Bueno, ya veo que está bien, así que… –añadió dándose cuenta de la confusión que había creado. Se giró hacia Matt–. No me digas que tú eres la amiga de toda la vida, porque no me lo creo.

Capítulo 11

LA LUZ de la luna entraba por la ventana. Sara había dejado las cortinas abiertas adrede y la ventana abierta para oír el rumor del mar. Tal vez fuera la última vez que pudiera disfrutar de todo aquello y, aunque estaba cansada, no podía dormir.

Rob Marco volvía a Londres al día siguiente y, aunque estaba segura de que Matt le había dicho que no revelara su paradero, Sara no se fiaba de él por completo. Estaba claro que el hombre la veía como la causa de que Matt no hubiera terminado su libro. ¿Y si le decía a Max dónde estaba?

¿Entonces? ¿Qué salida le quedaba? ¿Volver a Londres? Solo planteárselo le daba pánico, pero sabía que no podía posponerlo para siempre.

No podía creer que su marido hubiera publicado su carta, porque Max nunca reconocía sus errores. ¿Habría sido Hugo?

Se estremeció. No tenía camisón, así que dormía desnuda; era la primera noche que se sentía desprotegida y sabía que era por la proximidad de volver a ver a Max.

¡Qué enfadado debía de estar! No debería haberse ido. Debería haberse quedado y haber afrontado las consecuencias. ¿Quién la iba a creer ahora? ¿Su madre? Seguramente, no. ¿Max? Seguro que tampoco.

Lo había hecho mal. ¿Qué clase de esposa se va dejando a su marido tendido en el suelo sin saber si está vivo o muerto?

«Una mujer maltratada», se contestó con amargura. Solo una mujer maltratada huía así. Solo una persona acostumbrada a que la torturaran por todo creería que la castigarían por un simple accidente.

Además, había llamado a una ambulancia antes de irse y había dejado la casa abierta para que pudieran entrar.

Otro excusa para que Max le diera una buena paliza. Era muy rico y en su casa había piezas de arte de mucho valor. La acusaría de dejar entrar a los ladrones.

Suspiró atenazada por el miedo.

Sara sintió ganas de llorar. Nunca había sentido lástima de sí misma, pero en aquellos momentos lo hizo. Y más cuando pensó en su madre, que seguro que se había puesto ya de parte de su marido, como siempre. Aunque sabía que no era justo echarle la culpa de sus males, la verdad era que se había casado con él porque su progenitora había insistido una y otra vez.

No olvidaba, también, que la habían halagado sus atenciones con ella, y el hecho de que a su madre no le fuera nunca a faltar nada fue decisivo a la hora de tomar la decisión.

No fue hasta después de celebrada la boda cuando se empezó a dar cuenta de que lo que Max había visto en ella era a una chica sola y desamparada con la que podría hacer lo que le viniera en gana.

Al principio, solo le pegaba cuando bebía y siempre le pedía perdón de rodillas, pero luego pasó a agredirla casi todos los días. Lo peor era que disfrutaba con ello.

Tembló al recordarlo. No era la primera vez que se preguntaba si la primera mujer de Max habría muerto de verdad como le había dicho o no. ¿Y si se había suicidado? ¿Por qué no? Si la había tratado como a ella, era comprensible…

No quería volver a Londres, pero ¿qué podía hacer?

Estaba casada con Max, era de su propiedad y nunca la dejaría escapar.

Apartó las sábanas y se levantó. No podía dormir. Se puso una camiseta y unos viejos pantalones de deporte de Matt y salió de la habitación. La casa estaba a oscuras y en silencio. La señora Webb se había ido hacía ya rato y Rosie debía de estar durmiendo plácidamente abrazada a su osito.

Sonrió al pensar en ella. Le habría encantado tener una hija como Rosie. Max no había querido tener hijos. Mejor. Nunca se habría perdonado ver cómo maltrataba también a sus hijos y los hacía sufrir como a ella.

Bajó las escaleras sin hacer ruido y se dirigió a la biblioteca.

De repente, vio una silueta en el pasillo y se asustó al pensar que podría ser Rob Marco. Menos mal que era Matt.

—¿Qué haces? —le preguntó.

—No podía dormir y venía a buscar algo para leer —contestó Sara—. ¿Y tú?

—¿Qué dirías si te dijera que estaba poniéndome una copa? —contestó él metiéndose las manos en los bolsillos.

Al hacerlo, Sara se dio cuenta de que no los llevaba abrochados. Para colmo, no llevaba camisa y su torso relucía como el cobre bajo la luz de la luna.

—¿De verdad?

—No —contestó Matt.

—¿Estás preocupado porque no has terminado el libro? —preguntó Sara frunciendo el ceño.

—Claro —contestó Matt con ironía.

—¿Sí o no?

—Claro que no —murmuró abriendo la puerta de

su despacho–. Pasa –le indicó–. Prefiero que no nos oigan.

Matt entró y encendió la luz.

–¿Pasas o qué?

Sara dudó, pero entró. Al fin y al cabo, podía ser la última oportunidad para estar con él a solas.

Se puso a mirar alrededor porque estaba realmente nerviosa. Matt la estaba mirando fijamente.

–¿Pretendes que me crea que has bajado a buscar un libro? –le soltó.

–Cree lo que quieras, me da igual –contestó Sara. En realidad, había bajado a beber un trago de whisky. Nunca bebía, pero era lo único que se le había ocurrido para poder dormir–. ¿Piensas que he bajado para ver si me encontraba contigo?

–¿He dicho yo eso acaso? –contestó Matt enarcando una ceja–. Podrías estar escapando de nuevo...

–¿Descalza? No creo.

–Tienes razón.

–Ya te he dicho que no podía dormir.

–Sí, sí, ya me lo has dicho. ¿Y buscabas algo que te devolviera el sueño?

–Exacto.

–¿Un chocolate caliente, quizá?

–Más bien, un whisky –confesó.

–Vaya, vaya –se burló Matt.

–No te pongas en plan sarcástico –le reprochó Sara–. No es lo mismo tomarse un dedo de whisky para dormir que estar bebiéndose un vaso a media mañana.

—Estaba estresado, ¿de acuerdo? —contestó Matt—. Y no, no por tu culpa, no te preocupes —le aclaró.

—¿Es por el libro? ¿Vas mal?

—Voy todo lo bien que puedo ir dadas las circunstancias —contestó Matt mirándola con picardía—. ¿Sabes que hacía muchos años que no iba a una fiesta del pijama?

—Yo no llevo pijama —contestó Sara.

—Ya lo veo. Llevas mis pantalones de hacer deporte, lo que es todavía peor —dijo Matt mirándola intensamente—. ¿Llevas ropa interior?

—¿Y tú?

—No preguntes a no ser que quieras saberlo de verdad.

—Puede que así sea —contestó ella.

Matt cerró los ojos.

—Sara, esto no es… una buena idea.

Sara suspiró.

—Ya lo sé, pero… me voy mañana.

—No lo dirás en serio —dijo Matt sorprendido.

—Sí —contestó Sara tragando saliva—. Este momento tenía que llegar antes o temprano y ambos lo sabíamos. Ahora que Rob Marco sabe quién soy y dónde estoy… ha llegado el momento de volver a Londres.

—¡No! —gritó Matt con vehemencia—. ¡Me niego

a que vuelvas con ese canalla! ¡No quiero que te vayas! –añadió levantándose.

Sara dio un paso atrás. No porque le tuviera miedo, claro que no, sino porque se temía a sí misma. No sabía qué haría si él la tocara.

–Matt…

–No digas nada –le rogó–. No quiero volver a oírte decir que eres su mujer.

–Es la verdad.

–¡Pero no te quiere! –exclamó Matt enfadado yendo hacia ella–. Nunca te pegaría si te quisiera. No te engañes, no va a cambiar.

Sara se preguntó qué estaba haciendo. Debería irse de allí cuanto antes. Matt la estaba mirando con deseo. Obviamente, porque ella lo había provocado.

Se dio cuenta de que ella también lo deseaba. Se moría por sentir sus caricias, por hacer el amor con un hombre que no pensara solo en él.

Matt le acarició la cara y se quedó mirándola. Aunque Sara se moría por que la tocara, él parecía decidido a controlarse y no hacerlo. Mirar, pero no tocar.

Sara no podía respirar. Por favor, que dejara de mirarla así.

–¿Lo quieres? –le preguntó por fin.

–Sabes que no –contestó–. Creo que nunca lo he querido.

–¿Te casaste, entonces, por dinero?

—¿Lo crees así? Madre mía, qué bonita concepción tienes de mí —contestó Sara dolida.

Matt la miró a los ojos. Sara se sintió incómoda. ¿Qué clase de mujer creía que era?

—Eres una mujer muy valiente —le dijo como si le estuviera leyendo el pensamiento—, pero te la vas a jugar y eso me preocupa.

—No lo entiendes…

—No quiero entenderlo —la interrumpió besándola en el cuello con delicadeza— porque si lo entendiera puede que no estuviera haciendo esto.

—Matt…

—No me rechaces —gimió subiendo hacia su boca.

Cuando llegó, Sara cerró los ojos y sucumbió al placer de dejarse llevar.

Por primera vez en su vida, se dejó llevar por los sentimientos. Quería yacer desnuda con él allí mismo, en el suelo. No se podía controlar. Le temblaban las piernas de deseo.

—¿Puedo tocarte? —le preguntó.

—¿Cómo iba a impedírtelo?

Sara alargó la mano y le acarició el vello del pecho. Percibió cómo temblaba y aquello le dio impulso para seguir. Lentamente, deslizó la mano bajo los vaqueros. Matt dio un respingo.

Tampoco llevaba ropa interior y estaba completamente excitado.

—Dios, Sara —murmuró besándola con pasión.

Sara se moría por sentirlo dentro porque estaba tan excitada como él.

Matt se apoderó de sus pechos, pero no era suficiente. Sara quería más, mucho más. Entonces, se le ocurrió cómo dejárselo claro. Sin dejar de besarlo, se quitó los pantalones y se apretó contra su erección.

—Sara —jadeó Matt temblando.

Deslizó una mano entre sus cuerpos y encontró la parte más íntima del cuerpo de ella. Entonces, se separó de ella, la agarró de la mano y le hizo cruzar la habitación.

Por un momento, Sara temió que le fuera a decir que aquello no podía ser y que no iban a continuar, pero, cuando lo vio quitarse la camisa, el placer reemplazó al temor.

Pensó que era imposible que un hombre que la quisiera lejos compartiera con ella algo tan íntimo. ¿Por qué no sentía vergüenza de estar desnuda ante él?

Matt la sentó en el sofá de cuero y ella lo miró sin comprender. Entonces, él se arrodilló entre sus piernas desnudas y la besó apretándose contra su cuerpo.

Sara quiso quitarle los pantalones para darle el mismo placer que él le estaba dando a ella, pero Matt se lo impidió. Le retiró la mano y se puso a juguetear con sus pezones arrancándole suspiros de lujuria.

Dejó una estela de saliva ardiente por su escote al bajar desde la boca hasta los pechos. Sara arqueó la espalda y se preguntó si iba a saber darle placer, porque Max siempre le había dicho que era una frígida.

Matt le separó las piernas y comenzó a besarle la parte interna de los muslos.

—Estás mojada —le dijo satisfecho llegando con la lengua al punto más placentero de su cuerpo.

Sara ahogó un grito de sorpresa y perdió el control.

Nunca había experimentado algo así y llegó al orgasmo en breves segundos. Matt la abrazó y se puso a llorar de manera inconsolable.

—Tranquila —susurró acariciándole el pelo—. No pasa, estoy aquí.

—Sí, pero… ¿y tú?

—Esta vez era solo para ti —sonrió él—. ¿Te ha gustado?

—Sabes que sí —contestó Sara acariciándole la cara—. Pero ¿por qué no has…?

—Porque no creo que sea lo mejor para ti —contestó Matt levantándose—. Vístete, va a amanecer —añadió recogiendo su ropa del suelo.

—¡Matt!

Sara de avergonzó de repente de su desnudez y se apresuró a vestirse.

—¿Te tengo que dar las gracias o qué?

—¡No! —contestó él mirándola fijamente con una

expresión que Sara no pudo descifrar–. No has cambiado de opinión sobre volver a Londres, ¿verdad?

Sara lo miró sorprendida.

—Tengo que hacerlo...

—Ya lo suponía –le dijo molesto–. Quiero que sepas que fui yo quien dio orden de que se publicara tu carta. Quiero que lo sepas por mí.

—¿Tú?

—Sí, no quería que tu marido se la guardara y no dijera nada, así que le pedí a un amigo del *London Chronicle* que la publicara.

Sara lo miró confusa.

—Hiciste bien.

—No tienes por qué volver –dijo Matt desesperado.

—No tengo otra salida. Lo siento.

—Más lo siento yo –contestó él enfadado–. Tú estás loca, pero yo más por haberme liado contigo.

Capítulo 12

ALAS OCHO de la noche e Matt oyó que había alguien en la puerta.

Los perros lo avisaron. Comenzaron a ladrar cuando el coche enfiló el camino privado de su casa y, para cuando llegó frente al edificio, estaban histéricos.

¿Quién sería a aquellas horas? Iban a despertar a Rosie.

Sus padres estaban de viaje en Italia y no había quedado con nadie. Podía ser Emma, claro. Desde que Sara se había ido, iba más que nunca a su casa. Quería demostrarle que lo podía ayudar y, a pesar de las protestas de Matt, había recogido a Rosie del colegio tres veces aquella semana. Sin embargo, no creyó que fuera Emma porque se había mostrado bastante cortante aquella misma tarde con ella por teléfono.

Estaba que no se entendía ni él. Con Rosie, se mostraba alegre y contento, pero, cuando se quedaba a solas, se desesperaba. Hacía una semana que Rob había vuelto a Londres y Sara se había ido con él.

Desde entonces, nada tenía sentido.

La mañana en la que se fue, Sara esperó a que Rosie estuviera en el colegio para bajar a la cocina.

Obviamente, para no hacerla sufrir; pero él sí sufrió.

Rob estuvo delante todo el tiempo, así que Matt tuvo que controlarse y no decir nada. De todas formas, sentía que ya había quemado todas sus naves.

Había conseguido ocultar sus sentimientos. Se moría al pensar que Sara tenía que volver con su marido, pero aguantó el tipo hasta que llegó el taxi que los tenía que llevar al aeropuerto.

Luego, se encerró en su despacho y estuvo todo el día apiadándose de sí mismo.

Cuando Rosie llegó del colegio se enfadó por que Sara se hubiera sin despedirse de ella. No podía entender por qué se había ido y su padre le tuvo que decir que tenía un marido y una vida en Londres.

Cada vez que pensaba en ella y en su marido, Matt se desesperaba. Había rastreado los periódicos todos los días, pero nada.

Los perros ladraban sin parar y estaban llamando al timbre. Las dos cosas a la vez no podían ser, así que fue a ver a los perros.

Los estaba sacando del vallado cuando apareció un hombre.

–¿Señor Seton?

–Sí, soy yo.

Los perros movieron el rabo y se abalanzaron sobre el recién llegado para lamerlo de arriba abajo.

–Hugo, ¿qué demonios haces? –preguntó otro hombre llegando en ese momento.

No hizo falta que le dijera quién era. Matt había visto la cara de Max Bradbury varias veces en la prensa.

Inmediatamente, recordó el cuerpo magullado de Sara y sintió deseos de agarrarlo del pescuezo.

–¿Los puedo ayudar en algo? –les preguntó.

–Eso espero –contestó Max pasando junto a su hermano, que estaba lidiando con los perros–. Soy Max Bradbury y él es mi hermano, Hugo –se presentó–. Verá, es muy importante para mí encontrar a mi esposa Victoria y me han dicho que ha pasado un par de semanas en su casa.

Aquello era lo último que Matt hubiera esperado. ¿Sara no había vuelto con su marido? Matt se empezó a poner nervioso. ¿No sería que se había deshecho de ella y se estaba forjando una coartada?

–¿Su esposa? –fingió Matt–. Lo siento, no conozco a nadie que se llame Victoria Bradbury.

Max lo miró con furia.

—Quizá tendría que haberle dicho Sara, Sara Fielding —aclaró volviendo a sonreír—. Podría estar utilizando ese nombre.

Matt se preguntó cómo habría averiguado aquel hombre dónde estaba su mujer. ¿Rob? No, su agente podía ser muchos cosas, pero no era un chivato.

Hugo Bradbury lo estaba mirando fijamente. Era más joven que Max y, obviamente, homosexual. No parecía contento con la situación y Matt sospechó que había ido allí obligado.

—Me temo que no lo puedo ayudar, señor Bradbury —contestó Matt secamente pensando que en, en cuanto se fueran, iba a llamar a Rob para aclarar la situación—. Aquí no hay ninguna Sara Fielding.

Max apretó los labios.

—Pero ha estado, ¿verdad? Sé que ha estado cuidando de su hija.

—Sí, es cierto, pero se fue hace una semana —confesó Matt dándose cuenta de que era inútil negar lo que era de dominio público.

—Me gustaría hablar con ella. Entienda que estoy preocupado —insistió Max—. He venido desde muy lejos para verla.

¿Preocupado? Matt sintió que la rabia y la ira se apoderaban de él, pero logró controlarse.

—¿Por qué cree que está aquí? ¿No sabe dónde está? —le preguntó con fingida inocencia.

Max Bradbury tomó aire.

—Hace un par de semanas que no la veo —admitió—. Me escribió una carta diciéndome que estaba bien, pero no me dijo dónde estaba exactamente, así que, después de lo que ha pasado, me he visto obligado a salir a buscarla.

—¿Ha pasado algo? —preguntó Matt con curiosidad.

—Sí, pero asuntos familiares. Espero que lo comprenda.

Matt no comprendía nada, pero necesitaba más información.

—Admiro su constancia —mintió. No había nada que admirara en aquel canalla—. Supongo que debe de ser duro seguir el rastro de una esposa por todo el país. ¿Qué le hace pensar que esté en una zona tan remota como esta?

—No hemos buscado por todo el país —intervino Hugo.

Max le dirigió una mirada asesina.

—Mi hermano tiene razón. La hemos localizado enseguida porque Victoria alquiló un coche en Ellsmoor, no lejos de aquí, y alguien lo devolvió hace un par de semanas.

—Espero que quien lo llevara no lo encontrara abandonado —dijo Matt como considerando la situación–. Las mareas aquí son muy peligrosas, ¿sabe? Yo he estado a punto de ahogarme un par de veces.

–Espero que no esté pensando en lo que yo creo –dijo Max apretando los dientes.

–Bueno, sé que su primera mujer murió ahogada y supongo que será muy duro pensar que a Sara le haya podido pasar algo parecido, ¿no?

Max lo miró con dureza.

–Si sabe dónde está, le exijo que me lo diga –le espetó–. Como amigo, señor Seton, puedo ser muy buena persona, pero le garantizo que, como enemigo, soy el peor.

–¿Me está amenazando, señor Bradbury? Ya le he dicho que la joven que estuvo en mi casa se ha ido ya y no me ha dicho adónde. No sé si sería su mujer o no, pero no sé dónde está.

Y era cierto.

–Seguro que sabe algo, lo que sea –insistió Max–. ¿Cómo llegó aquí? ¿Cómo se fue? No tenía coche...

–Mire, igual que usted se guarda sus motivos familiares para estar buscando a su esposa, yo me guardo lo que sé sobre... mi niñera.

Max lo miró enfurecido. Aquel hombre era, desde luego, bestial. Al imaginárselo con Sara, Matt sintió asco y miedo.

–Veo que es usted un amigo leal, señor Seton

–sonrió Max dándose cuenta de que por las malas no iba a conseguir nada–. Su niñera, fuera o no mi mujer, ha tenido suerte de encontrar un hombre tan galante y protector. Déjeme que le diga que mi esposa no se lo habría merecido porque se ha esfumado con su madre enferma y no se ha molestado en llamar ni una sola vez para saber cómo está.

Matt intentó no mostrar su desazón. Sara no sabía que su madre estaba enferma, porque se lo habría dicho. ¿Y si no fuera cierto? Max Bradbury era capaz de decir lo que fuera con tal de recuperar a su mujer.

–Lo siento.

–Yo también. Alicia, mi suegra, ha tenido una vida difícil, ¿sabe? Yo intento ayudarla en todo lo que puedo, pero… no soy su hija –dijo encogiéndose de hombros.

Si no supiera lo que sabía de él, Matt habría creído que aquel hombre era un buen tipo preocupado por su suegra y su esposa, pero sabía que no era así.

–Me gustaría poderlo ayudar, pero no puedo.

¿Dónde demonios estaría Sara? ¿Por qué no se habría puesto en contacto con su madre? Matt se juró a sí mismo que si Max estaba mintiendo pagaría por ello.

Unos minutos después, cuando los Bradbury se

fueron, Matt entró en su despacho, descolgó el teléfono y llamó a Rob.

Su amigo le aseguró que, tal y como le había prometido, no había revelado dónde había estado Sara y que, cuando llegaron a Heathrow, ella salió corriendo y no la había vuelto a ver.

Capítulo 13

S ARA se quedó mirando por la ventana del hotel donde estaba hospedada en Paddington y se preguntó por enésima vez qué iba a hacer.

Hacía una semana que se había ido de Saviour's Bay, una semana que había dejado a Matt.

La idea de no volver a verlo la entristecía, pero sabía que había sido ella la que se había empeñado en volver a Londres. ¿Por qué se arrepentía ahora cuando ya no había marcha atrás?

Matt no la había animado a enamorarse de él. Al contrario, había mantenido las distancias, pero había dado igual. Desde la primera vez que lo había visto, había sabido que era un hombre bueno del que se podía fiar y que iba a ser importante en su vida.

Sabía que Matt se sentía atraído por ella también. Algo había flotado entre ellos desde el principio, incluso antes de ver lo que su marido le había hecho.

Al recordar sus labios sobre los hematomas, se

estremeció. Matt quería que dejara a Max, pero eso no quería decir que quisiera una relación seria con ella. Lo que quería era que Sara llevara las riendas de su propia vida.

No sabía si iba a poder.

Cerró los ojos. Había cambiado durante aquellos días en Seadrift. Por primera vez, había podido pensar en su matrimonio desde la distancia, sin la presencia agobiante de Max, y lo que había visto no le había gustado lo más mínimo.

Max la había vuelto una mujer insegura y había conseguido convencerla de que se merecía los castigos a los que la sometía.

La culpa era de Max, no suya. Ahora lo veía con claridad. Matt le había enseñado que había otro tipo de relación entre un hombre y una mujer. Necesitaba tiempo para volver a ser la mujer que era antes.

Los días que había pasado con Matt y Rosie habían sido los más felices de su vida.

Por eso no había vuelto a su casa de Knightsbridge. Necesitaba tiempo para pensar sobre el futuro, para decidir qué iba a hacer. Max seguía dándole miedo. No podía olvidar tres años de abusos en dos semanas, pero estaba dispuesta a enfrentarse a él, a decirle que había roto las cadenas que le había puesto y que quería recuperar su libertad.

Pensó en su madre y se volvió a desesperar al

suponer que no la iba a ayudar en absoluto. Iba a tener que enseñarle los hematomas, iba a tener que explicarle por qué se había ido…

Y, aun así, no creía poder conseguir que le diera la razón. Para su madre, era la mujer más afortunada del mundo por tener un marido con tanto dinero.

De todas formas, tenía que intentarlo. Era su última oportunidad. Si dejaba que Max volviera a controlar su vida, probablemente moriría… seguramente de congoja.

El Hospital Saint Jude estaba en Euston Road.

Se sentía fatal por haber estado escondida en Paddington mientras su madre se debatía entre la vida y la muerte.

Claro que no lo sabía. Había ido a su casa y un vecino le había dicho que a su madre la habían ingresado tras sufrir un ataque al corazón.

Entró en el centro muy nerviosa y preguntó por la habitación de Alicia Fielding.

—Está en la UCI, en el tercer piso —le contestó la enfermera de recepción.

¡En la UCI!

Sara subió en el ascensor muerta de miedo. Arriba había otra enfermera de guardia, que le indicó dónde estaba exactamente su madre.

—No se preocupe, está estabilizada —le dijo para

tranquilizarla–. Puede pasar a verla, pero no la ponga nerviosa. Ya ha tenido suficiente.

–¿Ha sido un ataque al corazón?

–Sí, pero además…

–¿Qué?

–Bueno, su marido estaba muy preocupado porque…

–¿Por qué? –dijo Sara poniéndose cada vez más nerviosa–. Por favor, dígame qué les ha dicho mi marido.

–Resulta que su madre estaba cocinando, se desmayó y se golpeó la cara en el fregadero. Tiene un gran hematoma en el rostro, pero no se asuste. Está todo aclarado, pero su marido temía que creyéramos que se lo había hecho él –concluyó la enfermera algo avergonzada–. Ya le dijimos que no había razón para que sospecháramos algo tan terrible de él.

Tal vez ellos no tuvieran razones, pero Sara, sí. ¡Había pegado a su madre! ¿Cómo había podido caer tan bajo?

Se acercó a la habitación acristalada en la que estaba su madre y la miró. Estaba intubada y parecía mayor que nunca. Efectivamente, tenía la cara amoratada.

«Mamá, ¿qué te ha hecho?», pensó Sara con dolor.

Tomó aire y abrió la puerta. Su madre estaba con los ojos cerrados, pero, cuando se acercó, los abrió para ver quién iba a visitarla.

Al ver que era su hija, se le llenaron los ojos de lágrimas.

—¿Sara? Oh, hija, ¿eres tú de verdad?

—Sí, mamá —contestó Sara controlándose para no llorar y agarrando a su madre de la mano—. ¿Cómo estás? Siento mucho no haber estado para ayudarte.

La señora Fielding la miró fijamente, como si hubiera visto un fantasma.

—¿Dónde has estado? No sabes lo preocupada que estaba...

—Mamá...

—Creía que habías muerto —confesó la mujer—. Max me dijo que tenía una carta tuya, pero no me la enseñó. Me dijo que estabas bien, pero no sabía si creerlo. ¿Por qué te fuiste? Max me contó no sé qué historia que no me creí, por supuesto. ¿Cómo lo iba a creer si no sabía ni dónde estabas?

Su madre se estaba alterando y Sara intentó tranquilizarla.

—Discutimos —contestó—. No era la primera vez, ya lo sabes. Max se cayó por las escaleras y creí que se había matado. Tuve miedo de que me echaran la culpa y huí. Cobarde, ¿verdad?

—Oh, hija...

—Ya no tiene importancia. Ahora estoy aquí, que es lo importante. La enfermera me ha dicho que vas muy bien. ¿Cómo te encuentras?

–Sara, ¿por qué no me lo dijiste? –le reprochó su madre–. ¿Por qué no me enseñaste lo que te hacía ese monstruo?

–Mamá, no importa.

–Claro que importa, hija –contestó su madre llorando–. Gracias a Dios que estás bien, que estás viva. No sabes lo preocupada que he estado.

Sara le apretó la mano.

–Estoy bien, de verdad –la tranquilizó–. ¿Por qué no me habías dicho que no te encontrabas bien?

–Porque me encontraba estupendamente –contestó su madre–. La noche en la que desapareciste, Max me dijo que te habías ido y lo creí. Siempre se ha portado tan bien conmigo… y me dio pena, ¿sabe? Parecía muy solo…

Sara asintió.

–¿Ha sido él? –le preguntó a su madre acariciándole la mejilla.

Para su sorpresa, su madre le agarró ambas manos con fuerza y la miró a los ojos asustada.

–Escúchame bien –le pidió mirando hacia la puerta como si temiera que las interrumpieran en cualquier momento–. Sophie Bradbury ha venido a verme.

–¿Quién?

–Sophie Bradbury –repitió Alicia–. ¿No sabes quién es?

–No… –contestó Sara confusa–. La única persona que conozco con ese nombre es la primera mujer de Max, pero está muerta.

–No, no lo está.

Sara sintió que le flaqueaban las piernas y tuvo que sentarse en una silla.

–¿Sophie está viva?

–Sí, estuvo aquí la semana pasada –le dijo su madre–. Ahora, vive en Estados Unidos, pero ha venido a pasar una temporada con su madre a Bournemouth.

–Max cree que está muerta.

–Seguro que así lo querría él –dijo su madre nerviosa–. Me dijo lo que le había hecho durante su matrimonio y me dijo el miedo que le tenía. Comprendí que tú debías de estar igual. Al contarle que no sabía dónde estabas, se preocupó por ti, por lo que ese bestia podría haberte hecho. ¡Ella tuvo que fingir que había muerto para librarse de él!

–¿Sabes dónde está? Me gustaría hablar con ella –dijo Sara sin poder creer lo que estaba ocurriendo.

–No lo sé –contestó su madre descorazonada–, pero esa mujer decía la verdad, hija. Me trajo fotos y todo. Sara, me he dado cuenta de lo ciega que he estado todos estos años.

–¿Te ha pegado? –volvió a preguntar Sara.

–No –contestó su madre–. Me amenazó, pero no llegó a pegarme. Cuando le dije que sabía que Sophie estaba viva, se puso como loco y me dijo que era un parásito que solo sabía vivir de él. Reconozco que me dio miedo.

—Oh, mamá… —dijo reprochándose no haber estado allí para ayudar a su madre—. ¿Crees que sabía que Sophie estaba viva?

—Puede ser. La verdad es que no se sorprendió tanto como yo creía —recapacitó Alicia—. Sophie me dijo que había vuelto para pedir el divorcio.

—Qué suerte —musitó Sara con envidia.

A ella también le gustaría que Max no formara parte de su vida. Para poder volver con Matt.

—No entiendo mucho de estas cosas, pero, si cuando se casó contigo, seguía casado con otra mujer… A lo mejor vuestro matrimonio no es válido. Tal vez seas una mujer libre, hija. Te aseguro que nada me haría más feliz.

Sara llegó a la casa que había compartido con Max durante tres años a primera hora de la noche.

Iba decidida a hablar con él, recoger sus cosas y dejarle muy claro que se iba para siempre.

Se estremeció de miedo.

Tragó saliva y se dijo que debía hacerlo, que ya había aguantado bastante.

Entró en el ascensor y se apoyó en la pared. Dio al botón y el aparato comenzó a subir. Tenía tanto miedo que estuvo a punto de pararlo y volver a bajar.

Pero habría sido absurdo. Tarde o temprano, tendría que acabar con aquello.

El ascensor se paró en el séptimo piso y Sara se vio en el último lugar del mundo donde quisiera estar.

Se abrieron las puertas y Max salió a su encuentro.

Obviamente, Patrick, el portero, lo había avisado de la llegada de su mujer.

—Victoria —sonrió abrazándola con fuerza.

—Por favor… —dijo ella para que la soltara.

Ambos sabían que el portero los estaría viendo por el circuito cerrado de seguridad. Por eso Max se estaba comportando de forma tan cariñosa.

La tomó del brazo y la metió en casa.

Al oír el clic de la puerta al cerrarse, Sara sintió que le flaqueaban las piernas. Tomó aire. Tenía que ser fuerte. Tenía que hacerlo. Aquella podría ser su última oportunidad.

—Victoria —repitió satisfecho—. Me alegro de que me hayas concedido el honor de tu vuelta. Ya empezaba a preocuparme. ¿Se puede saber qué ropa llevas? Y mira qué pelos llevas… Pareces una refugiada, pero me alegro de verte de todas formas.

—Max —comenzó Sara entrando en el salón y colocándose en un extremo del sofá—, he venido a decirte que me voy, que te dejo… Sé lo de mi madre y lo de Sophie, que tuvo que fingir estar muerta para librarse de ti. No puedes impedirme que…

—¿Has estado viendo a tu madre? Sí, claro, ya se ve… La vieja te ha estado metiendo tonterías en la cabeza, ¿verdad? ¿No te das cuenta de que está senil, la pobre? ¡Por un momento, temí que me acusara de pegarle!

—Debiste de llevarte un buen susto cuando le dio el infarto…

—La verdad es que sí —admitió Max—. No sabía lo que la muy loca iba a decir cuando recobrara el conocimiento.

—¿Tal vez que la habías amenazado? Has cometido un gran error, Max. Has perdido a tu mayor aliada.

Max la miró con dureza.

—No necesito aliados, Victoria. Te tengo a ti.

—De eso nada —le soltó Sara—. ¿No has oído lo que te he dicho? Te dejo, Max. Solo he venido a despedirme.

Max suspiró.

—Victoria, ambos sabemos que no lo dices en serio. Si hubieras querido dejarme, me habrías escrito otra carta. Por cierto, ¿dónde has estado? Creo que merezco una explicación.

—No te mereces nada —contestó Sara indignada—. Llevas años mintiéndome —añadió tomando aire—. ¿Cuánto hace que sabías que Sophie estaba viva?

Max se encogió de hombros.

—¿Sophie? ¿Mi primera mujer? Victoria, lleva muerta diez años. Se ahogó…

—No es cierto —lo interrumpió—. Fingió ahogarse y con ayuda de su madre escapó a Estados Unidos. Ahora vive allí y lo sabes.

Max negó con la cabeza.

—Sé que eso es lo que te ha contado tu madre —le dijo lentamente, como si estuviera hablando con una niña pequeña—, pero no es cierto. Y, aunque lo fuera, no tiene nada que ver con nosotros.

—Claro que sí —dijo Sara desesperada—. Si Sophie está viva, no podrías haberte casado conmigo.

—Te equivocas. Estamos casados. ¿Crees que cometería un error así?

—Nuestro matrimonio es un desastre —protestó Sara— y quiero el divorcio.

—Pero yo, no —contestó Max muy tranquilo—. De hecho, lo que creo que deberíamos hacer es celebrar otra ceremonia, para, ¿cómo decirlo?, sí, para retomar nuestros votos.

—¡No! ¿Te crees que estoy dispuesta a hacer algo así? Debes de estar loco.

—De remate —dijo Max con dureza—. No me has dicho dónde has estado. ¿Quieres que te lo diga yo?

—No lo sabes —dijo Sara sorprendida.

Max sonrió de forma diabólica.

—Claro que lo sé. Resulta que una mujer muy agradable, creo que se llamaba Emma Proctor, me oyó preguntar por ti y me indicó amablemente dónde estabas. ¿Desde cuándo conocías a Matt Seton?

Sara clavó las uñas en el respaldo del sofá.

—Ya te dije en mi carta que estaba con... una amiga.

—Querrás decir «un amigo» —dijo Max con ira—. Te repito la pregunta, Victoria. ¿Desde cuándo conocías a Matt Seton? ¿Desde cuándo sois amantes? —añadió agarrándola de la mano con fuerza.

—¿Amantes? —repitió Sara sintiendo un intenso dolor en la mano—. ¡No somos amantes!

—¿Ah, no? —dijo mirándola a los ojos—. Entonces, ¿por qué tienes esa mirada de culpabilidad?

—No soy culpable de nada —contestó Sara—. Me estás haciendo daño.

—Y te puedo hacer mucho más —amenazó entre dientes—. ¿Quién lo iba a decir? La frígida de mi mujer liada con un escritor famoso. Me pregunto cuánto podrá aguantar cuando mis publicistas acaben con él. ¿Quieres ponerlo en peligro?

—Tengo un público bastante inteligente que no crería jamás las patrañas de canallas como usted —dijo una voz desde la puerta.

Sara miró por encima del hombro de Max y vio a Matt y a Hugo.

–Suelte a Sara inmediatamente. No creo que le interese que tenga más marcas en el cuerpo de las que ya tiene cuando interponga la demanda de divorcio –añadió.

Capítulo 14

SARA tomó el tren de Newcastle, pasó la noche en el hotel de la estación y alquiló un coche para dirigirse al norte.

No había dormido en toda la noche de lo emocionada que estaba por volver a ver a Matt. No quería albergar demasiadas esperanzas. Al fin y al cabo, era un hombre famoso que podía elegir sus amistades femeninas como quisiera. El hecho de que no se hubiera puesto en contacto con ella desde que volviera a Northumberland hacía tres meses debería haberla parado.

Pero no había sido así. Se moría por verlo. Necesitaba saber si tenían un futuro juntos o si su actitud había sido solo la de un amigo. ¿Había sido compasión o amor lo que lo había movido a ayudarla?

Recordó aquella noche de nuevo con gratitud.

Hugo había avisado a Matt, le había contado lo del ataque al corazón de su madre y le había pedido que fuera a casa de su hermano.

–Recoge tus cosas y vámonos –había dicho

Matt ignorando por completo las protestas de Max.

Sara había corrido escaleras arriba, había llenado una bolsa con ropa a toda prisa y había vuelto a bajar ansiosa por salir de allí.

Al volver al salón, se encontró a Max sentado en el sofá con Hugo y a Matt mirando por la ventana. Se giró y le sonrió. Max observó furioso cómo salían de su casa.

No sabía qué le había dicho Matt, pero debía de haber sido algo muy serio, porque su marido no había intentado vengarse de ella y aquello no era propio de él.

A los pocos días, su marido había sufrido una hemiplejía que lo había dejado medio paralizado y sin habla.

Hugo había tenido que hacerse cargo de los negocios, se había portado maravillosamente bien con ella; le había brindado su ayuda para lo que necesitase y había insistido en poner la casa en la que vivía su madre a su nombre para que se la quedara pasara lo que pasara.

Le había sugerido que se comprara ella también una casa, pero Sara se había negado. No quería el dinero de Max.

Matt se había encargado de encontrarle una casa en Londres. Un amigo se iba seis meses a trabajar a Estados Unidos y le encantó la idea de que Sara le cuidara la casa aquel tiempo. Tenía dos dormitorios y un pequeño jardín en el que Sara se había pasado la mayor parte de aquellos tres meses intentando dilucidar qué hacer con su vida.

Por supuesto, había pasado mucho tiempo con su madre, que se estaba recuperando estupendamente. No había podido hablar mucho con Matt, pero cuando lo habían hecho no habían hablado de su relación.

–Tienes que dejar de sentirte culpable. Eres una víctima, no la culpable de esta situación –le había dicho dos días antes de volver con su hija, cuando Sara le había dicho que se sentía culpable por el ataque que había sufrido Max.

Aun así, a Sara no le había parecido el mejor momento para preguntarle lo que sentía por ella. Sin embargo, ahora, con la demanda de divorcio en el bolso, se sentía con fuerzas.

Eran casi las once cuando entró en el camino privado de Matt. Estaba tan nerviosa que le sudaban las manos y se le escapaba el volante, pero logró aparcar el coche frente a la casa.

Era increíble lo familiar que se le hacía todo. Era una bonita mañana de sol y el paisaje estaba precioso. Tomó aire y estuvo la estúpida sensación de que había llegado a su hogar.

Llamó al timbre y esperó.

–¡Señorita Victor! –dijo la señora Webb al abrir la puerta–. Perdón, quería decir señora Bradbury… ¿Qué hace aquí?

Vaya, menuda bienvenida…

–He venido a ver a Matt –contestó Sara–. ¿Le podría decir que estoy aquí?

–Veo que se ha cambiado el peinado –apuntó el ama de llaves–. Le queda bien.

–Gracias –contestó Sara tocándose la melena, que se había cortado por los hombros en lugar de por la cintura como le gustaba a Max–. ¿Está Matt en casa?

–No –contestó–. Ha salido a pasear a los perros. Creo que está en la playa. ¿Quiere pasar y esperarlo?

Sara miró hacia los acantilados.

–Eh… no –contestó–. Voy a ir… a buscarlo.

–¿Seguro? –preguntó la mujer decepcionada. Obviamente, quería que Sara le contara todo lo que había pasado–. Bueno, espero verla luego.

–Claro –dijo Sara alejándose en dirección al mar.

Desde lo alto de los acantilados, lo vio. Estaba de espaldas a ella, tirándoles palos a los perros.

Sara sintió que se le aceleraba el corazón y comenzó a bajar el camino con piernas temblorosas.

De repente, Matt se dio la vuelta, la vio y fue hacia ella. Al encontrarse, ambos se pararon y ninguno supo qué decir.

–Estás mojado –dijo Sara por fin.

Matt se miró los pantalones.

–Sí –contestó–. Tú, no. Tú estás fantástica. Se nota que la vida te está tratando bien.

Sara no supo qué decir. Lo miró y se dio cuenta de que había perdido peso y de que tenía ojeras.

—¿Qué haces aquí?

—Creí que te alegrarías de verme —contestó nerviosa y avergonzada—. ¿Me he equivocado?

—Siempre me alegra ver a una amiga —contestó Matt—. ¿Qué tal está tu madre?

—Oh… —dijo Sara sorprendida—. Está bien, gracias. Ya está en casa. Una amiga suya que también es viuda se ha ido a vivir con ella y están fenomenal.

—¿Y Max?

—¿Max? —Sara tragó saliva—. Creo que va mejor. Sigue sin poder moverse, pero ya puede hablar un poco.

—Me alegro.

—Sí —dijo Sara sin saber por dónde seguir—. Mi madre me ha dicho que te diera las gracias por lo que hiciste. Yo también te las quería dar.

—Fue un placer —contestó Matt—. Dave me ha dicho que le estás cuidando la casa estupendamente. ¿Te vas a quedar los seis meses?

«Espero que no».

—¿Has hablado con él? No me lo había comentado.

—¿Por qué te lo iba a comentar? —dijo Matt con frialdad—. Cree que solo somos conocidos. Puede que incluso crea que has sido mi paciente o algo.

—¿Y lo he sido? —preguntó Sara desesperada

por derribar aquel muro que Matt se empeñaba en interponer entre ellos–. ¿Solo fui un caso más para ti?

–¡No digas tonterías! –contestó Matt dándose la vuelta y llamando a los perros.

Sara deseó no haber ido. Lo notaba más distante que nunca.

Lo rodeó, lo miró y le puso la mano en el brazo. Matt lo apartó.

–Estás helado.

–No hacía falta que vinieras hasta aquí para darme las gracias –le espetó–. Habría bastado con una llamada.

–A mí no me habría bastado –contestó Sara con decisión–. Quería volver a verte y creía, esperaba, que tú también.

–Me alegro de verte y de saber que vuelves a ser dueña de tu vida –dijo Matt con frialdad.

–¿De verdad? ¿Por qué tengo la impresión de que no te alegras lo más mínimo? ¿Qué te pasa, Matt? Me tratas como si no me conocieras de nada.

–No nos conocemos de nada, Sara. Yo estuve en el lugar apropiado cuando necesitaste a alguien, pero no intentes convertirlo en otra cosa porque no funcionará.

Sara lo miró fijamente.

–¿Lo dices en serio?

–Búscate a otro con quien jugar –le dijo lla-

mando de nuevo a los perros–. Yo ya soy demasiado mayorcito para estos juegos.

–¿Qué juegos? –dijo Sara temblando.

–Espero que sepas lo que estás haciendo, Sara,
porque yo no te entiendo.

–Yo tampoco te entiendo –le reprochó ella tragando saliva–. No te imaginas lo que me ha costado reunir valor para venir –añadió mirando al
horizonte–. No finjas que no sabes por qué he venido –le pidió con lágrimas en los ojos.

En ese momento, llegaron los perros y se abalanzaron sobre ella. Sara perdió el equilibrio y se
encontró en el suelo con los dos canes lamiéndola
de arriba abajo y ella riendo entre lágrimas.

–Dios, lo siento –dijo Matt apartándolos–. ¿Te
han hecho daño? –añadió viendo que estaba llorando.

Sara negó con la cabeza.

–Tú me has hecho daño.

–No digas eso –murmuró Matt–. ¿Por qué me
dices eso? Quería darte tiempo para que pudieras
pensar en todo lo que había pasado y en lo que
querías hacer y eso es lo que has hecho.

–¿Qué quieres decir?

–Te he preguntado cómo estaba Max y me lo
has dicho. Has ido a verlo, ¿verdad? Vas a volver
con él.

–¡No! –gritó Sara horrorizada–. He ido a verlo
una vez, sí, pero nada más. Jamás podría volver a

vivir bajo el mismo techo que él –se estremeció–. No lo odio, pero no voy a volver con él por pena, ¿sabes? De hecho, tengo aquí los papeles del divorcio…

Matt la miró confuso.

–Pero Rob dijo que…

–¿Qué?

–Que tu cuñado, Hugo, le había dicho que creía que ibas a volver con Max.

–¡Me importa un bledo lo que crea Hugo! Nunca volveré con Max –le aclaró Sara mirándolo a los ojos–. ¿Creíste que iba a volver con él?

–Me pareció posible –suspiró Matt–. Después de todo, te casaste con él. Debiste de quererlo en algún momento de tu vida.

–Dijiste que creías que me había casado con él por dinero –le recordó Sara con lágrimas en los ojos de nuevo.

–Sé que no es cierto, pero lo dije para protegerme.

–¿De qué? –le preguntó con las lágrimas rodándole por las mejillas.

Matt le acarició la mejilla.

–Repíteme para qué has venido –le pidió–. No quiero volver a equivocarme.

–Lo sabes perfectamente.

–¿Por qué has tardado tanto en decidir que había algo entre nosotros? –dijo abrazándola.

–¿Lo hay? –bromeó Sara.

Matt suspiró impaciente.

—Si tú quieres, por supuesto —confesó.

—No hace falta que te conteste, ¿verdad?

Matt la miró fijamente a los ojos.

—¿Te importaría besarme, por favor? ¡Estoy temblando!

Matt obedeció sin más preámbulos y, tras intercambiar los besos más apasionados de su vida con aquella mujer, se vio tumbado en la arena sobre ella.

—¿No llevas sujetador? —preguntó asombrado al deslizar una mano por debajo de su blusa.

—No creí que lo fuera a necesitar —susurró Sara.

—Chica lista —dijo tomando entre sus dientes uno de aquellos pezones erectos que amenazaba con atravesar la tela.

—Matt… —dijo muriéndose por sentirlo dentro de ella de una vez.

Le apartó la mano de sus braguitas y Matt interpretó que quería parar.

—Perdón, estoy yendo demasiado deprisa, ¿verdad?

Sara gimió frustrada, lo agarró de la cinturilla de los vaqueros y lo volvió a tumbar sobre ella.

—Te quiero a ti, Matt, no una imitación, así que termina lo que has empezado —le ordenó deslizando la mano dentro de los vaqueros.

—Madre mía… —dijo él al sentir su mano acariciándole la erección.

–Di que no me deseas como yo a ti –dijo Sara–. A ver si te atreves.

–Claro que te deseo –admitió–. Sabes que te deseo desde la primera vez que te toqué.

–Lo sé –murmuró ella desabrochándose la falda.

–Deberíamos entrar en casa –sugirió Matt.

–¿Para que la señora Webb se pregunte qué hacemos en tu dormitorio? Mejor no.

Matt le dio la razón y se quitó los vaqueros mientras ella se quitaba la falda. Pusieron ambas prendas como almohada y se volvieron a tumbar.

Matt se deslizó dentro de su cuerpo con seguridad.

–Te deseo y te quiero –le dijo mientras lo hacía.

Se deseaban tanto que ninguno aguantó mucho. En pocos segundos, Sara sintió que abandonaba su cuerpo y, casi inmediatamente, Matt la siguió en una espiral de placer indescriptible.

«La semilla de Matt», pensó Sara rezando para tener algún día un hijo con él y una nueva vida…

Epílogo

NO VOLVIERON a tener oportunidad de estar solos hasta que Rosie se fue a dormir aquella noche.

La niña había recibido a Sara con los brazos abiertos.

–Sara se va a quedar a vivir con nosotros –le había dicho su padre–. No va a ser tu niñera, pero va a vivir aquí.

–¿Como si fuera mi mamá? –había preguntado Rosie extasiada.

–¿Te gustaría que me casara con tu padre? –había intervenido Sara.

–¡Claro que sí! ¿Y a ti que te llamara «mamá»?

–Puedes llamarme como tú quieras –había contestado Sara abrazándola–. Vamos a ser una familia de verdad. ¿Te gusta la idea?

–¡Sí, por favor! ¿Os vais a casar pronto? ¿Puedo ser dama de honor?

–¿Por qué no? –había dicho Matt riendo.

Ahora estaban solos en el dormitorio de Matt. Era masculino, pero a Sara le gustaba. Habían hecho el amor de nuevo y Sara estaba arrebujada a su lado pensando en la suerte que había tenido de ir a parar a su casa.

—¿Eres feliz? —le preguntó él en ese momento—. ¿Te arrepientes?

—Claro que no —contestó Sara—. Te quiero, Matt. Estaba pensando en cómo nos ha unido el destino. Cuando Max se cayó por las escaleras, creí que estaba perdida y, en realidad, mi vida no había hecho más que empezar.

—Me alegro de que pienses así, porque yo siento lo mismo —dijo Matt mirándola fijamente—. ¿Quién me iba a decir a mí cuando te vi por primera vez que estaba destinado a casarme contigo?

—Solo tengo una duda. ¿Qué le dijiste a Max para que no me hiciera nada?

—Nada del otro mundo. Solo le dije que yo también tenía amistades en los medios de comunicación —confesó Matt—. Además, le dije que tenía fotografías tuyas que a cualquier periódico le gustaría publicar.

—Pero eso no es verdad…

—Claro que no, pero él no lo sabía. Espero que no te importe.

—¿Importarme? Mi amor, te estaré eternamente agradecida por haberme salvado de él.

—Eres el amor de mi vida —dijo Matt besándola con dulzura—. Por cierto, ahora que dices eso… ¿voy a tener alguna recompensa?

Y, por supuesto, la tuvo.

SECRETOS

CAROLE MORTIMER
Noticias del corazón

Capítulo 1

LA DOCTORA Leonora Winston, supongo.

Leonie se volvió hacia la puerta del salón, donde un hombre la miraba con frío desdén.

Se le podría describir como «alto, moreno y guapo», pero ahí se terminaban los cumplidos porque también era arrogante y profundamente antipático. En sus ojos de color verde pálido había una frialdad que ni siquiera intentaba disimular.

«Pomposo» también era un adjetivo que le iría como anillo al dedo.

Y había un par de cosas más que la disgustaron. Lo primero, su nombre era Leonora, desde luego. Leo, por su abuelo paterno, Nora por su abuela paterna, pero nadie la había llamado nunca así. Todo el mundo la llamaba Leonie.

Y lo segundo, estaba segura de que cuando el explorador Stanley se dirigió al doctor Livingstone, estaba encantado de verlo. El hombre que la miraba desde la puerta no parecía en absoluto encantado de verla.

De hecho, todo lo contrario.

Era aparente por su forma de mirarla, con aquellos desdeñosos ojos de gato. No, aquel hombre no estaba contento de verla.

Y no sabía qué había hecho para provocar tal antipatía en un completo desconocido.

—Luke Richmond, supongo —replicó, levantando una ceja.

No pensaba dejarse amedrentar. No lo conocía de nada, pero si pensaba tratarla con tan mala educación, estaba dispuesta a devolver el golpe.

El hombre la miró con los ojos entrecerrados.

—Puede que esta situación le parezca divertida, doctora Winston...

—Por favor, llámeme Leonie —lo interrumpió ella—. Y creo que se equivoca sobre mi sentido del humor, señor Richmond. Esta situación no me divierte, más bien me sorprende.

—¿Porque esperaba ver a mi madre y no a mí? No se preocupe, verá a mi madre. Rachel es famosa por llegar siempre tarde —replicó él, cerrando la puerta con gesto impaciente—. Quería hablar con usted a solas antes de que se conocieran.

El sol entraba por la ventana, pero estar encerrada en una habitación con aquel hombre la hizo sentir un escalofrío.

No eran solo sus pálidos y fríos ojos. Era muy alto, casi un metro noventa, de hombros anchos y constitución atlética. Llevaba el pelo corto y vestía camiseta y vaqueros negros.

No parecía exactamente amistoso, pero su mal humor podría no tener nada que ver con ella. O quizá era grosero por naturaleza, de modo que no debía tomarlo como algo personal.

–Parece que ha habido un error, señor Richmond...

–Cualquier error, doctora Winston, habrá sido por su parte –la interrumpió él–. No sé qué subterfugio habrá usado para conseguir esta cita con mi madre, pero le aseguro...

–Señor Richmond...

–... no le valdrá de nada...

–Señor Richmond...

–... porque mi madre no concede entrevistas...

–¡Yo no soy periodista! –lo interrumpió Leonie, indignada.

–... ni piensa escribir su biografía –concluyó Luke Richmond sin prestarle atención–. Por razones obvias.

Una de esas «razones obvias» era la biografía no autorizada de la famosa estrella de cine, Rachel Richmond, que apareció en las librerías dos años antes. Una biografía llena de comentarios subidos de tono y especulaciones sobre su vida privada.

Otra «razón obvia» debía ser aquel hombre, pensó Leonie.

Treinta y siete años, guapo, ganador de dos Oscar por sus guiones de cine, Luke Richmond era un hombre de éxito. Un hombre del que cualquier padre se sentiría orgulloso.

Pero él no tenía padre.

Rachel Richmond, estrella del cine y el teatro durante cincuenta años, nunca se había casado y nunca le dijo a nadie quién era el padre de su hijo.

Durante los años sesenta, cuando los estudios esperaban que sus actores fueran ejemplo de moralidad, el hecho de ser madre soltera podría haberle costado su carrera profesional.

Pero Rachel Richmond permaneció soltera. Llevaba a su hijo con ella a todas partes y acabó convirtiéndose en el epítome de la maternidad. El público no solo aceptó que no estuviera casada, sino que aplaudió su decisión.

Las especulaciones sobre la identidad del padre continuaron durante algún tiempo, pero la actriz guardó silencio y, al final, todo quedó en eso: especulaciones.

Leonie se preguntó cómo habría soportado Luke Richmond esas especulaciones o si Rachel le habría confiado la identidad de su padre.

Si era así, jamás había dicho una palabra a los medios de comunicación.

—Creo que se equivoca sobre la razón de mi presencia aquí, señor Richmond...

—Creo que, al menos yo, he sido perfectamente claro, doctora Winston —la interrumpió él de nuevo—. Estoy seguro de que es usted una estupenda biógrafa. De hecho, sé que lo es. Leí su biografía sobre Leo Winston.

Leonie parpadeó, sorprendida. No se le habría ocurrido pensar que a aquel hombre le interesaría su libro.

—No fue difícil de escribir. Leo es mi abuelo.

—Ya lo sé. Pero además de ser su abuelo, también fue un as en la manga de los servicios secretos ingleses durante la Segunda Guerra Mundial.

—Así es —murmuró Leonie.

—Mi madre leyó el libro antes de prestármelo. Pensaba que la vida de su abuelo podría convertirse en un buen guion —dijo Luke Richmond entonces.

Ella hizo una mueca. Conociendo a su abuelo, nada lo horrorizaría más.

—Mi abuelo prefiere ser conocido por su trabajo como historiador.

–Un auténtico Pimpinela Escarlata del siglo XX –replicó Luke Richmond, desdeñoso–. Aunque, después de darle vueltas al asunto, decidí que la historia ya estaba un poco trillada.

Si quería ser insultante, lo estaba consiguiendo. Por eso Leonie decidió no darle la satisfacción de replicar airadamente.

–¿Le dio usted vueltas al asunto? –preguntó, mirando el reloj. Rachel Richmond llegaba quince minutos tarde a su cita.

–Su abuelo me convenció de que un guion sobre su vida no le interesaría a nadie... sobre todo a él. Además, no nos poníamos de acuerdo sobre el actor que lo interpretaría en la pantalla.

Leonie lo miró entonces, sorprendida. No sabía que hubiese hablado con él. Ni siquiera lo había mencionado...

–Mi abuelo es un hombre difícil.

Luke Richmond la miró entonces con un esbozo de sonrisa.

–Desde luego. Y parece que ese es un rasgo que usted ha heredado.

Ella se quedó atónita. No sabía qué le había hecho a aquel hombre para que se portara de forma tan insultante, pero era hora de decirle cuatro cosas.

–Señor Richmond...

–¡Leonie, no sabes cómo siento llegar tarde! –Rachel Richmond eligió aquel momento para aparecer en el salón como un soplo de aire fresco.

No aparentaba setenta años en absoluto. Con un elegante vestido verde y el pelo rubio cortado a media melena, parecía veinte años más joven.

–Ah, estás con mi hijo.

–Pues sí...

–¿Sabes una cosa? Eres monísima, Leonie.

Después del frío desdén de Luke Richmond, la calidez de Rachel la tomó por sorpresa. Aunque no había duda de que no estaba fingiendo. Sus ojos verdes brillaban de alegría y aquella sonrisa que había entusiasmado a millones de admiradores en todo el mundo parecía envolverla como un rayo de luz.

Aunque lo de «monísima», por agradable que fuera el cumplido, no le pegaba demasiado. Era demasiado alta, su apariencia absolutamente profesional con un traje de rayas grises, el pelo rubio corto al estilo Meg Ryan.

No era una mujer bella en absoluto: ojos grises, nariz respingona, labios generosos y barbilla firme. Pero nada del otro mundo.

De hecho, parecía exactamente lo que era: una historiadora, como su abuelo.

–Gracias –murmuró por fin, observando

con el rabillo del ojo la sonrisa burlona de Luke Richmond.

Ella misma se sentía un poco incómoda con las efusiones de la famosa actriz.

—Deberías soltar su mano, Rachel. La estás avergonzando —dijo él entonces.

Leonie se puso colorada.

—No me está avergonzando en absoluto. Señorita Richmond, su hijo parece tener la impresión de que he venido a molestarla...

—No es solo una impresión, es la verdad.

—Luke, por favor —lo regañó su madre—. Leonie aún no entiende tu sentido del humor.

¿Sentido del humor? ¿Aquel hombre tenía sentido del humor? Solo una madre demasiado indulgente podía pensar eso.

—Creo que te equivocas, Rachel. Yo creo que la doctora Winston me entiende perfectamente.

Desde luego que lo entendía. Era él quien estaba completamente equivocado sobre sus razones para visitar a la actriz.

—Señorita Richmond...

—Por favor, llámame Rachel. Luke, cariño, ¿le has pedido a Janet que sirva el té aquí?

—No...

—Pues hazlo, cielo —lo interrumpió su madre severamente, tomando a Leonie del brazo—. ¿Te apetece dar un paseo por el jardín antes de tomar el té? Quiero que me cuentes muchas cosas. Nunca había conocido a una mujer historiadora. Debe ser emocionante triunfar en un campo que, hasta ahora, había estado casi exclusivamente reservado a los hombres...

Leonie escuchaba a medias. En realidad, Rachel Richmond no la dejaba hablar y ella estaba demasiado distraída observando la expresión furiosa de su hijo. Estaba claro que si pudiera echarla a patadas de allí, lo haría.

—De verdad, estoy encantada de conocerte. Me gustó muchísimo tu último libro.

—Mi primer libro —la corrigió Leonie—. Y el último. Por ahora.

—Espero que no, querida.

—Señorita Richmond...

—Por favor, llámame Rachel —insistió la actriz—. Todo el mundo me llama así. Incluso mi hijo.

Leonie no se encontraba cómoda llamándola por el nombre de pila. Aquella mujer era una estrella de cine, un icono para sus admiradores, aún capaz de despertar el interés de las multitudes cada vez que hacía una aparición pública, aún capaz de atraer a miles de personas a un teatro las raras veces que decidía subirse a un escenario.

Y en persona era tan estrella como en la pantalla.

—Rachel, tu hijo parece creer que...

—No te preocupes por Luke —la interrumpió ella—. Es muy protector. Y siempre ha sido un chico tan serio —añadió, afectuosamente.

—¿Chico?

A los treinta y siete años, Luke Richmond no era precisamente un crío.

Rachel rio suavemente.

—Para mí siempre será un chico. Y te aseguro que ladra, pero no muerde.

Leonie lo dudaba. Muy seriamente.

Pero que Luke Richmond fuera un arrogante y un idiota no debía importarle en absoluto. No pensaba verlo más de lo que fuera absolutamente necesario.

—Se está haciendo tarde, señorita Richmond... Rachel.

—¿Cuánto has tardado en llegar a Hampshire?

—Una hora. Y me temo que tengo otra cita en Londres, así que...

—Ha sido un detalle que dejases de lado tus planes para venir aquí. Un sábado, ni más ni menos. Me temo que, últimamente, no voy nada a Londres.

—La verdad es que tendré que irme dentro de poco y...

—¿No te encanta la primavera? —la interrumpió Rachel de nuevo, señalando alrededor—. Todo es nuevo. La vida se llena de esplendor.

A ella también le gustaba la primavera, pero sobre todo porque significaba el final del largo invierno. Odiaba llegar a la universidad de noche y marcharse de noche.

—Rachel, me llamaste la semana pasada para pedirme que viniera a verte. ¿No crees que sería buena idea decirme para qué?

En realidad, la llamada había pillado a Leonie completamente por sorpresa. Aunque Luke Richmond parecía pensar que era ella quien había pedido la reunión.

Una impresión que le gustaría corregir, si tenía oportunidad.

No sabía cuál era el propósito de Rachel al invitarla a su casa y ella no parecía tener prisa por explicarlo. Pero estaba segura de que no sería para hacerle un sitio entre «los ricos y famosos», como había dicho Jeremy.

Jeremy...

Leonie sonrió al pensar en su compañero de universidad, un mago de la informática que lograba transmitir su amor por la tecnología a los alumnos.

«Los opuestos se atraen», pensó entonces. Ella, interesada en el pasado, Jeremy en la tecnología que dominaría el futuro.

Él era la razón por la que no quería llegar tarde a Londres. Habían quedado para cenar...

De repente, Rachel soltó su brazo y se volvió para mirarla, muy seria. En aquel momento sí parecía tener su edad.

—¿No está claro por qué te llamé, querida?

—Solo dijiste que querías hablar conmigo.

—Pero... entonces, ¿no sabes por qué te he invitado a venir a mi casa? —preguntó la actriz, con gesto de incredulidad.

—No, no lo sé.

—Ah, ya veo. Verás, leí tu libro sobre Leo Winston...

—Tu hijo me lo ha comentado —dijo Leonie. No sabía por qué, pero no le salía llamar a Luke Richmond por su nombre de pila—. Y me alegro mucho de que te gustase...

—Pero no te he pedido que vengas hasta aquí solo para felicitarte por el libro. Podría haber hecho eso por teléfono. No, querida Leonie, te he pedido que vengas porque quiero que escribas mi biografía. Una biografía oficial —dijo Rachel Richmond entonces.

Ella la miró, sorprendida.

¡Rachel Richmond quería que escribiera su biografía!

No podía decirlo en serio.

Capítulo 2

E N SERIO? –exclamó Jeremy.

–Por lo visto, sí –le confirmó Leonie–. Dice que lleva años buscando a la persona adecuada para escribir su biografía.

–Y ha decidido que eres tú. ¡Qué suerte!

–Intenté explicarle que yo no soy exactamente biógrafa...

Pero sus protestas se habían quedado en nada. Rachel insistió en que quería que fuese ella quien escribiera la biografía que sus admiradores llevaban años esperando. Que después de leer la de Leo Winston, estaba segura de que escribiría su historia con la misma verdad y la misma pasión.

–¿Cómo que no? –sonrió Jeremy–. Y una biógrafa estupenda, además.

Jeremy era un chico guapo con cara de niño. Su pelo rubio, un poco largo, le caía sobre los ojos azules. Y eran de la misma estatura cuando Leonie no llevaba zapatos de tacón.

–Muchas gracias, joven.

–Sigo sin poder creerlo. ¡La biografía de Rachel Richmond!

Tampoco ella podía creerlo. Y a pesar de que sería un paso adelante en su carrera, no estaba segura de que fuese buena idea.

No era el volumen de trabajo. De hecho, disfrutaría inmensamente investigando la vida de tan sensacional estrella de cine. La razón de su desgana para aventurarse en tal empresa podría describirse en dos palabras: Luke Richmond.

No había tomado el té con ellas, pero Leonie no tenía duda de cuál sería su reacción cuando Rachel le dijera que iba a escribir su biografía.

No habría forma de convencerlo de que no era idea suya. Por eso le había pedido una semana para pensárselo...

–Has aceptado, me imagino –dijo entonces Jeremy–. ¡Leonie, tienes que decir sí! –exclamó al ver que se quedaba callada–. Esta es una historia por la que se matarían todas las editoriales. Además, seguro que por fin revela la identidad del padre de su hijo. La biografía no tendría sentido si dejase fuera ese detalle.

Otra razón para dudar si debía aceptar la oferta. Por razones desconocidas, Luke Richmond la odiaba. Si además la hacía responsable por dar el nombre de su padre al mundo entero...

–No se lo he preguntado, pero supongo que sí –suspiró Leonie–. Pero es que no es lo mío. Tú mismo lo dijiste: cosas de los ricos y famosos. Yo soy historiadora y...

–Podrías ser una historiadora muy rica si escribieras ese libro.

Una historiadora rica y famosa. A Leonie no le hacía ninguna gracia.

Le gustaba su vida, le gustaba dar clases en la universidad, visitar a sus padres en Cornualles o a su abuelo en Devonshire.

Aunque no lo había hecho a menudo en los últimos tres meses, desde que empezó a salir con Jeremy.

–Rachel ha sugerido que pase los fines de semana en su casa de Hampshire mientras escribo el libro. Si lo escribo, claro.

–Tienes que hacerlo, Leonie –insistió Jeremy–. Por favor, si hasta la llamas por su nombre de pila –añadió, riendo–. No estarás preocupada por lo nuestro, ¿verdad?

Leonie apretó los labios. Solo llevaban unos meses saliendo y no sabía cuáles eran sus sentimientos por ella, pero le gustaba mucho y disfrutaba inmensamente de su compañía. Y la relación sería difícil si solo podían verse un día a la semana.

–Pues, la verdad...

–No sería para siempre –la animó él–. Un

par de meses como máximo. Si tú puedes soportarlo, yo también. ¿O es otra cosa lo que te preocupa?

Por alguna razón, Leonie no quería mencionar al odioso hijo de Rachel Richmond. Probablemente porque su antipatía por él era tan fuerte como la de Luke Richmond por ella.

No le había preguntado a Rachel y no sabía si su hijo vivía en Hampshire, pero si era así, verlo todos los fines de semana sería sencillamente insoportable.

—No sé si quiero hacerlo, Jeremy. No sé, tengo un presentimiento extraño.

Absurdo, pero cierto. Hasta tal punto se sentía incómoda que cuando salió de la casa no quiso mirar atrás.

—¿Rachel Richmond es tan guapa como en las películas?

—Igual —sonrió Leonie—. Quizá es porque nunca se ha casado. Apenas tiene arrugas.

—Dudo que haya vivido sin compañía masculina todos estos años.

—Bueno, está... su hijo.

—No me refería a ese tipo de compañía —rio Jeremy.

—Ya lo sé, tonto.

—Debes admitir que es una oferta muy tentadora. ¿No vas a pensártelo?

Desde luego que era una oferta tentadora.

Sería un reto. Y en cuanto a pensárselo... tenía la impresión de que no iba a hacer otra cosa hasta que hablase con Rachel.

–Parece sorprendida de verme –dijo Luke Richmond, en la puerta de su apartamento.

Claro que estaba sorprendida. Para empezar, no entendía de dónde había sacado su dirección. Rachel solo tenía el número de teléfono de la universidad...

Además, no entendía qué hacía allí después de lo grosero que había sido con ella el día anterior.

Y no estaba vestida para recibir a nadie. Iba descalza, con unos vaqueros viejos y una camiseta rosa que había encogido en la lavadora.

–¿Y bien? –ladró el antipático Luke Richmond.

–¿Y bien qué, señor Richmond?

Aquella era su casa y no le hacía ninguna gracia que alguien apareciese sin avisar un domingo por la tarde. Aunque, por lo poco que sabía de él, aquel tipo no sabía comportarse de ninguna otra forma.

–¿Piensa invitarme a entrar o eso representa un problema para usted?

–¿Por qué iba a ser un problema, señor Richmond?

Luke se encogió de hombros.

–Quizá es una inconveniencia... si no está sola.

–Vivo sola –contestó ella, fulminándolo con la mirada.

–Esa no es razón para no tener algún invitado.

Leonie abrió la puerta del todo para invitarlo a entrar... aunque hubiera preferido tirarlo escaleras abajo.

–No juzgue el comportamiento de los demás por el suyo, señor Richmond.

Él levantó una ceja.

–¿Imagina que Rachel aceptaría una procesión de mujeres en su casa?

–¿Vive en Hampshire con su madre?

–Parte del año. Pero como usted, también yo tengo un apartamento en Londres... aunque lo uso raramente.

–Cuánto me alegro –replicó Leonie, irónica.

Ella se gastaba casi todo el sueldo de la universidad en el alquiler, pero estaba segura de que el apartamento de aquel «niño de mamá» era mucho más lujoso.

–¿Algún problema?

–En absoluto. ¿Quiere pasar o no?

Luke Richmond sonrió.

–Creí que no iba a decirlo nunca.

Leonie miró alrededor para comprobar si

todo estaba ordenado. Solía limpiar la casa los domingos, pero no había tenido tiempo de hacerlo.

El salón era una habitación muy sencilla, sin fotografías, con el suelo de madera pulida, dos sillones de mimbre y un par de litografías en las paredes.

—¿Quiere un café o algo?

—Un café, gracias. Es un poco temprano para «algo» —contestó Luke Richmond, tan irónico como siempre—. ¿Esas sillas podrán aguantar mi peso?

—Si no es así, seguro que usted podría comprarme otras —replicó Leonie, sin disimular el sarcasmo.

Se arrepintió inmediatamente. Luke Richmond era un grosero, pero ella no debía ponerse a su nivel.

—Ya, claro.

—Voy a traer el café. Acabo de hacerlo —murmuró entonces, escapando a la cocina.

¿Qué hacía Luke Richmond en su casa?

Evidentemente, su madre le había contado lo de la biografía y estaba allí para convencerla de que no lo hiciera. Y eso solo ya era razón suficiente para aceptar, pensó entonces.

Pero esa era una reacción muy infantil. Tenía veintinueve años y un doctorado en Historia. Era una respetada profesora de universidad y, aunque sonase a inmodestia, la biografía de su abuelo había sido recibida con muy buenas críticas.

Pero ese era precisamente el problema para Luke Richmond.

Leonie dejó la bandeja sobre la mesita de café e intentó portarse con urbanidad... por difícil que fuera. Richmond se había sentado en un sillón de mimbre que, por el momento, aguantaba su peso.

–¿Leche y azúcar?

–No, gracias. Me gusta el café solo.

Solo. Debería haberlo sabido.

Leonie se puso leche y azúcar antes de sentarse frente a su invitado. Afortunadamente, era una de esas personas que puede comer lo que sea sin engordar un gramo.

–¿Qué quiere de mí, señor Richmond?

–Puedes llamarme Luke. Lo de señor Richmond suena a Matusalén.

Pero también los distanciaba. Y eso era precisamente lo que Leonie quería.

–Es un apartamento muy agradable –dijo él entonces, mirando alrededor–. ¿Quién es su decorador?

–Leonora Winston –contestó ella, irónica.

¡Decorador! ¿En qué planeta vivía aquel hombre? Como si ella pudiera pagar un decorador...

Pero claro, Luke era hijo de una famosa estrella de cine y debió vivir en Hollywood cuando era pequeño. Y la casa de Hampshire, aunque muy cómoda y agradable, era en realidad una mansión.

Richmond la miró con sus glaciales ojos verdes.

—No era mi intención insultarla.

—Lo sé —suspiró ella, dejando su taza de café sobre la mesa—. Supongo que para usted no es fácil de entender.

—No he vivido entre algodones toda la vida.

—¿No?

—No —contestó él.

—Señor Richmond...

—Pensé que habíamos acordado tutearnos... Leonie.

—¿Ha venido aquí para hablar sobre la decoración de mi apartamento o piensa decirme cuál es la verdadera razón? —le preguntó ella entonces, ignorando el tuteo.

Luke Richmond la miró en silencio durante largo rato. Tanto que Leonie se movió, incómoda, en el sillón.

—¿Suele intimidar a la gente para conseguir lo que quiere? —le preguntó, furiosa.

—¿Intimidar? —repitió él—. Solo la estaba mirando.

Pero la miraba de tal forma... como un profesor que Leonie tuvo una vez y que solía estudiar las antigüedades con un microscopio.

—Es usted una mujer preciosa.

Ella lo miró, perpleja.

—Señor Richmond....

—Luke —la corrigió él.

Leonie se levantó, impaciente.

—¿Quiere dejar de jugar y decirme para qué ha venido?

Ese jueguecito seguramente impresionaba a la gente del espectáculo, pero a ella la dejaba fría. Estaba acostumbrada a ser tratada con admiración por sus alumnos, con respeto por parte de sus colegas y con afecto por parte de su familia.

Aquel hombre parecía estar jugando con ella como un gato con un ratón.

—¿Por qué no te arreglas? —preguntó él entonces, tuteándola—. Parece como si quisieras esconder tu belleza.

—¿Qué?

—El pelo, por ejemplo. Es de un color precioso y quedaría de maravilla cayendo por tu espalda. Sin embargo, lo llevas corto como un chico. Además, tienes una piel maravillosa. Y en cuanto a los ojos... —Luke sacudió la cabeza— con un poco de maquillaje...

—¿Ha terminado, señor Richmond? —le espetó Leonie, indignada—. Soy una profesora universitaria, no una modelo de las que... –no terminó la frase. Prefería que la discusión no llegase al terreno personal–. Prefiero parecer lo que soy, una historiadora.

–Como tu abuelo. ¿Qué quieres probar, Leonie?

Ella se puso pálida.

–No sé a qué se refiere.

¿Cómo lo había adivinado? ¿Cómo?

Luke sonrió entonces. Pero no había humor en aquella sonrisa, más bien era la expresión de un felino que acaba de cazar a su presa.

Y su presa era ella.

–No te preocupes. Mi madre, como la mayoría de los actores de Hollywood, envió a su hijo a varios psicólogos para que no creciera con complejo alguno. Ellos me enseñaron qué botón hay que tocar para provocar las reacciones que uno quiere.

Leonie sintió compasión por esos psicólogos.

–Su madre debería haberse ahorrado el dinero.

Desde luego. Y podría habérselo gastado enseñándole buenos modales.

–Pero ya sabes por qué estoy aquí, ¿no?

Ella cerró los ojos. Aquel hombre era una pesadilla.

–Me temo que no lo sé.

–Sí lo sabes –repitió Richmond, sin dejar de mirarla.

Leonie sintió un escalofrío. Pero no sabía si era de aprensión o... si se sentía absurdamente atraída por él.

Ridículo, por supuesto. El hijo de Rachel Richmond era un hombre guapo, pero eso era lo único bueno que podía decirse de él. Luke Richmond era frío, grosero y, en apariencia, absolutamente despiadado.

–Los dos sabemos que su madre me llamó porque quiere que escriba...

–¿Te llamó? –la interrumpió Richmond–. ¿No te estás equivocando?

–En absoluto –respondió ella–. Fue su madre quien se puso en contacto conmigo.

Luke se levantó bruscamente del sillón.

–¿A qué está jugando Rachel? ¿Qué demonios intenta conseguir?

Leonie intuyó que hablaba consigo mismo. No era necesaria una respuesta y, además, tampoco ella entendía los motivos de Rachel Richmond. La verdad sobre su vida había permanecido en secreto durante tanto tiempo que no entendía por qué quería hacerla pública.

Luke se volvió entonces, clavando en ella su fría mirada.

–¿Qué te dijo mi madre exactamente?

–Que había llegado el momento de terminar con las especulaciones.

–¿Para qué?

–Para que se sepa la verdad, supongo.

Luke apretó los labios.

–¡Eso ya lo veremos! No vas a escribir esa biografía –le espetó entonces.

Un segundo después salía de su apartamento dando un portazo. Leonie dejó escapar un suspiro, agotada, como si acabase de escapar de un huracán.

Un huracán que se dirigía en aquel momento a casa de Rachel Richmond.

Capítulo 3

TENDRÁS que perdonar a mi hijo —se disculpó Rachel seis días más tarde, mientras tomaban café—. Es demasiado protector.

Leonie no sabía a quién estaba protegiendo Luke Richmond: a él mismo o a su madre. Pero al menos Rachel era consciente de que había ido a visitarla.

—No quiere que escriba tu biografía. Y, la verdad, después de pensarlo mucho...

—Sé lo que vas a decir —la interrumpió Rachel—. Y en estas circunstancias, no puedo culparte. Pero te aseguro que tengo mis razones para hacer lo que hago.

Leonie no imaginaba cuáles podían ser. Y estaba segura de que a su hijo le darían completamente igual.

—He pensado mucho en ello y creo que no soy yo la persona adecuada. Pero otro escritor...

—Nadie más que tú, Leonie —volvió a interrumpirla Rachel, muy seria—. He decidido que seas tú.

Ella la miró, interrogante. Por lo visto, la famosa Rachel Richmond tenía otra cara, además de la amable y sonriente. Una cara que podía ser tan autoritaria como la de su hijo.

Leonie dejó escapar un suspiro.

—Debo admitir que eso me halaga, pero...

En ese momento se abrió bruscamente la puerta del salón. Luke Richmond, por supuesto. ¿Aquel hombre no sabía entrar en un sitio de forma normal?

Por su expresión, parecía decir que sería él quien dijera la última palabra sobre la biografía. ¿Rachel no se daba cuenta de cómo afectaba aquello a su hijo? Era difícil creer que fuera tan insensible.

Pero una cosa estaba clara: ella no quería quedar atrapada en el fuego cruzado entre uno y otro.

—Hola, señor Richmond —lo saludó—. Ha llegado a tiempo para...

—Qué sorpresa, Luke —la interrumpió Rachel—. Pensé que estabas fuera este fin de semana.

—Evidentemente, no es así —dijo él, fulminando a Leonie con la mirada.

—¿Quieres un café? Llamaré a Janet para que te traiga una taza.

—Janet tiene suficiente trabajo —replicó su hijo.

Leonie lo miró con curiosidad.

–Estás muy gruñón, cariño. Seguro que a Janet no le importa en absoluto –sonrió Rachel.

–Pero a mí sí. Además, no quiero café.

–¿Y por qué no lo has dicho?

Evidentemente, Luke se estaba poniendo difícil y Leonie empezaba a encontrarse muy incómoda. La situación no era nada agradable, desde luego.

–Otra vez aquí, doctora Winston.

Ella dejó escapar un suspiro. Afortunadamente, no volverían a verse. Había pensado mucho en los pros y los contras de aquella biografía y la decisión estaba tomada. Al fin y al cabo, Luke Richmond era hijo de Rachel y debería ser su mayor fuente de información... pero iba a ser una fuente de información muy poco dada a cooperar.

–De hecho, llega justo a tiempo para...

–Te estás portando como un patán, Luke –lo regañó su madre–. De hecho, creo que has asustado a Leonie para que no escriba mi biografía.

–¿Ah, sí? Pues me alegro –contestó él, dejándose caer sobre un sillón.

¡Asustarla! No le gustaba Luke Richmond, ni su arrogancia, pero no le daba ningún miedo.

–Yo no he dicho eso, Rachel.

–Como si lo hubieras dicho.

–En eso te equivocas. Solo he mencionado

los problemas que podría tener para escribir esa biografía –dijo Leonie entonces, decidida–. Pero ahora que lo pienso, podría ser divertido –añadió, al ver la expresión antagónica de Luke Richmond.

–¡Divertido! –exclamó él–. Esto no es un juego, señorita Winston.

Leonie lo sabía perfectamente, pero si la famosa actriz insistía en hacerlo...

–Dime una cosa, Rachel. Si yo no escribiera tu biografía, ¿se la encargarías a otra persona?

Rachel Richmond la miró pensativa durante unos segundos.

–Creo que sí.

–Me lo imaginaba. ¿A quién prefiere, señor Richmond, a mí o a una persona que no conozca?

–A ninguno de los dos.

–Si tuviera que elegir...

–Pero no puedo elegir, ¿verdad? –la interrumpió él, furioso–. Muy bien, madre, puedes hacer lo que te dé la gana, pero yo no quiero tener nada que ver.

Rachel hizo una mueca.

–No tienes por qué gritar, cariño.

–Me gustaría hacer algo más que gritar, pero has dejado muy claro que eso sería una pérdida de tiempo –replicó Luke, con mal contenida violencia–. Creo que, al final, pasaré fuera el fin de semana. Y espero que sepas dónde te metes, Leonora Winston –añadió, antes de salir del salón dando un portazo.

–Vaya, parece que esta vez se ha enfadado de verdad –suspiró Rachel–. Nunca me llama «madre» a menos que esté furioso.

Sabía que su hijo estaba furioso, pero insistía en seguir adelante con la biografía, pensó Leonie.

Y, aparentemente, ella acababa de comprometerse a escribirla.

¿Cómo había ocurrido? Estaba en casa de Rachel para decirle que no iba a hacerlo, pero al final...

–Mira, no quiero parecer grosera, pero... –Leonie no terminó la frase porque la actriz soltó una carcajada–. ¿He dicho algo gracioso?

–No es eso –sonrió Rachel, apretando su mano–. Ibas a preguntar si yo he preparado esta trampa para convencerte de que debías escribir mi biografía... aunque sé muy bien que no quieres hacerlo.

Leonie empezó a pensar que Rachel Richmond tenía muchas más caras de las que había creído.

No dudaba que fuese tan agradable como parecía a primera vista, pero también era capaz de engañar y manipular. De hecho, Luke y ella se parecían más de lo que había pensado.

Aunque saberlo no cambiaba nada. No pensaba darle a Luke Richmond la satisfacción de echarse atrás.

Pero que Rachel se pareciese tanto a él en aquel momento, con la misma expresión satisfecha y autoritaria, no conseguía tranquilizarla en absoluto.

–Qué sorpresa, cariño –la saludó su abuelo, dejando los guantes sobre la mesa del invernadero–. Apenas tengo compañía femenina desde que tu abuela murió el año pasado.

Leonie se sentía un poco culpable por no visitarlo más a menudo. Hacía cinco semanas que no pasaba por Devonshire.

Su abuelo parecía tan robusto como siempre; alto, con el pelo gris peinado hacia atrás y caminando con la espalda bien recta, como si fuera un jovencito. Desgraciadamente, su abuela murió el año anterior y soportar la soledad no debía ser fácil para él.

–Tenía muchas ganas de verte, abuelo.

–Y yo a ti. Espero tener algo en la nevera...

–Un bocadillo de queso me vale –sonrió Leonie, tomando su brazo para llevarlo al jardín–. Deberías cerrar la puerta con llave, abuelo. Podría entrar cualquiera.

–Tú no eres cualquiera, cielo –sonrió el

hombre–. Además, los ladrones entran en todas partes, con cerrojos o sin ellos.

De todas formas, a Leonie le preocupaba que estuviera solo en Devonshire, pero sabía que no debía decirlo.

Leo Winston era un famoso historiador que siguió dando charlas hasta bien cumplidos los setenta años. Era una autoridad respetada en todo el país.

Luke Richmond le había preguntado qué intentaba probar convirtiéndose en historiadora como él. No estaba intentando probar nada; sencillamente respetaba el trabajo de su abuelo. Había elegido esa carrera porque sabía que él lo aprobaría... aunque no solo por eso.

–¿A qué le debo el honor de tu visita? No creo que pasaras por aquí –sonrió él entonces.

Evidentemente, no. Pero Hampshire no estaba lejos de Devonshire y llevaba toda la semana queriendo preguntarle una cosa...

–Aquí se está muy bien –suspiró Leonie, mirando el bien cuidado jardín que era el orgullo de su abuelo.

–Desde luego. ¿Cómo está tu chico?

Ella sonrió. A los treinta y dos años, Jeremy no podía llamarse «chico». Aunque, probablemente a su abuelo, que tenía ochenta, debía parecerle muy joven.

–Bastante bien. Está haciendo un curso de informática este fin de semana.

–Ah, y estabas sola –sonrió su abuelo.

–¡No he venido a verte solo porque estuviera sola este fin de semana!

–Disfruta de la vida, cariño. Ahora es el momento. Aunque tu madre diga lo contrario.

Entonces compartieron una sonrisa de complicidad. Como hija única, sus padres esperaban que los llamase todas las semanas y fuera a verlos a Cornualles al menos una vez al mes. Por obligación.

Afortunadamente, su abuelo se alegraba de verla siempre, aunque hubiera pasado mucho tiempo desde su última visita.

Además, tenía mucho en común con él. Más que con ningún otro miembro de la familia.

–La verdad es que esta mañana he estado en Hampshire. Y he visto a un conocido tuyo, por cierto.

–¿Ah, sí?

–Sí. No me habías dicho que en tu vida social tenían cabida los guionistas –sonrió Leonie.

–No sé quién...

–Luke Richmond –lo interrumpió ella.

–Ah, Luke Richmond. Un joven bastante hosco. ¿Cómo lo has conocido? ¿Es que ahora te dedicas al cine?

–No vas a distraerme, abuelo. Te conozco

muy bien –rio Leonie–. ¿Por qué no me habías contado que alguien quería hacer un guion sobre tu vida?

Leo Winston hizo una mueca.

–¿Te imaginas cuál habría sido la reacción de tu madre?

Ella sabía que su madre era una esnob... y que no le había hecho ninguna gracia que escribiese la biografía de su abuelo.

–Claro que me lo imagino. Pero al menos podrías habérmelo contado.

–¿Y qué hacías tú con Luke Richmond?

–En realidad, no fui a verlo a él.

Por alguna razón, le costaba trabajo hablar de Rachel Richmond. Y, sobre todo, decirle que la famosa actriz había conseguido convencerla... o más bien manipularla para que aceptase escribir su biografía.

–Me pareció un chico muy interesante –murmuró su abuelo entonces.

–Pero hosco.

–Es normal. Ha tenido que vivir a la sombra de su madre toda la vida.

No, la suya no podía haber sido una vida fácil, pensó Leonie. Y aceptando escribir la biografía de su madre, ella iba a hacérsela aún más difícil.

Capítulo 4

PENSÉ que te pagaban por trabajar, no para que te pasaras el día descansando bajo un árbol!

Leonie no tuvo que volverse para saber quién era el grosero que se dirigía a ella con tan absoluta falta de respeto.

Luke Richmond, por supuesto.

—En realidad, no me han pagado en absoluto, señor Richmond. Su madre sugirió que mirase estos álbumes de fotos mientras ella descansaba un rato –replicó Leonie.

Hacía un día precioso y el sol se colaba entre las ramas del manzano bajo el que había comido con Rachel. Estaba muy relajada y lo último que le apetecía era discutir con el patán de su hijo.

—La verdad, de niño era usted muy guapo.

Si era sincera, debía reconocer que Luke Richmond era guapísimo. Parecía estar eternamente bronceado y bajo la camiseta marrón se marcaban unos hombros de atleta...

Pero no debía fijarse en un hombre que solo sentía por ella animadversión.

Llevaba tres semanas sin saber nada de él, pero estaba claro que su actitud no había cambiado en absoluto.

—¿Y ahora?

—No creo que deba decirle algo que ve usted todos los días cuando se mira al espejo.

—Todos los niños son guapos, ¿no? Para las mujeres, al menos.

Ella no tenía intención de discutir, de modo que decidió dejar el tema.

—Su madre no me dijo que fuera a venir este fin de semana.

—¿Ah, no? Y, por cierto, ¿cómo que no te han pagado? —preguntó él entonces—. Supongo que no vendrás aquí todos los fines de semana solo porque te resulta divertido.

Leonie se encogió de hombros.

—Es mejor esperar a que el libro esté escrito antes de hablar de la remuneración.

—¿Por qué?

—Puede que el resultado no le guste. Que la biografía de mi abuelo fuera un éxito no es garantía de que esta lo sea.

Luke se quedó pensativo, como si estuviera preguntándose si estaba diciendo la verdad. Pero a Leonie le daba igual lo que pensara aquel ogro.

—No te pareces nada a tu abuelo —dijo entonces.

Ella apartó la mirada, estirándose la camiseta verde musgo.

—Supongo que es normal, considerando que mi abuelo tiene ochenta años y yo cincuenta menos.

—No me refería a eso y lo sabes.

—¿Ah, sí?

Luke cerró el álbum que estaba mirando.

—Te llevaré a dar un paseo por el jardín. Y llámame de tú, maldita sea.

No dijo «¿te gustaría dar un paseo?», ni «¿te apetece dar un paseo?» La arrogancia de aquel hombre era intolerable. Además, Leonie no tenía interés en dar un paseo con él.

—Janet está haciendo limonada...

—La tomaremos más tarde. Vamos, Leonie. No creo que esas fotografías sean tan fascinantes —insistió él, obstinado.

En realidad, estaba llegando al momento que le interesaba: antes del nacimiento de Luke.

—Pero...

—El paseo te abrirá el apetito. Supongo que mi madre te ha invitado a pasar el fin de semana...

—Así es.

Janet le había mostrado su habitación por la

mañana. Una habitación decorada de forma opulenta, con muebles antiguos y flores frescas por todas partes.

—Rachel ha invitado a unos amigos a cenar. Gente que seguramente te llamará «querida» durante toda la noche porque son demasiado egocéntricos como para recordar tu nombre.

Aquel tipo era un cínico. Aunque Leonie no sabía si le apetecía mezclarse con el círculo social de Rachel Richmond...

—Quizá el paseo sea buena idea —suspiró por fin—. Así podrás contarme algo sobre esos invitados.

—Muy bien.

No tuvo problemas para seguirlo porque estaba acostumbrada a caminar rápidamente. Además, era muy alta y tenía las piernas largas... pero Luke intentaba ponérselo difícil, eso estaba claro.

—Rachel me dijo que estarías aquí este fin de semana —dijo él entonces. Leonie lo miró, sorprendida—. Cuando conozcas bien a mi madre, te darás cuenta de que sus motivos no son siempre lo sinceros que parecen.

Ella lo sabía de primera mano... esa era la razón por la que se encontró comprometida con la biografía. Y, aparentemente, Rachel había olvidado decirle que Luke también estaría allí durante el fin de semana. Probablemente porque se había dado cuenta de que no se soportaban.

Sin embargo, no podía dejar de notar lo atractivo que era, lo seguro de su paso, el aroma de su colonia...

Y no debía notarlo. En realidad, le gustaría estar lo más lejos posible de aquel sitio. No solo era una reacción inexplicable, era desleal a Jeremy.

Jeremy se estaba portando como un cielo, asegurándole que podrían verse los lunes y los viernes hasta que el libro estuviera terminado.

Y ella se lo agradecía sintiéndose atraída por otro hombre. ¡Un hombre que no le gustaba en absoluto!

–¿Qué pasa? ¿Por qué me miras? –le preguntó, nerviosa.

–Me preguntaba por qué una mujer como tú no está casada. ¿O estás tan dedicada a tu trabajo que el matrimonio no te interesa?

–Que no esté casada no significa que... ¿cómo que una mujer como yo? ¿Qué quieres decir?

–Veintitantos años, guapa, educada, inteligente... y no sientes repulsión por los niños –sonrió Luke–. Me sorprende que ningún hombre te haya convencido para pasar por la iglesia.

–A lo mejor no me apetecía.

—Evidentemente.

—Y supongo que de ti podría decirse lo mismo.

—¿Veintitantos? No ¿Guapo? Lo dudo. ¿Educado? En colegios privados, desde luego. ¿Inteligente? Eso espero. Y en cuanto a los niños...

—¡No me refería a eso! Me refería a que eres un soltero cotizado.

—Con una madre ansiosa por convertirse en abuela. Un deseo que permanecerá insatisfecho, me temo.

—¿Por qué?

La mirada del hombre se había vuelto glacial.

—Tengo mis razones.

Razones que no pensaba discutir con ella, evidentemente. Aunque era lógico; eran dos extraños.

—¿Vas a hablarme de los invitados?

—Ah, es verdad. Serán nueve, cuatro mujeres y cinco hombres.

Para que fuesen doce en la mesa, pensó Leonie. Y a ella no le gustaba mucho relacionarse con gente a la que no conocía...

—La mayoría se dedican al cine o al teatro, por supuesto. Seguramente te parecerán entretenidos.

—Sí, claro.

—Además, yo también estaré allí —sonrió Luke, irónico.

Cuando sonreía era más que guapo, era... ¡No!

«No pienses esas cosas», se dijo a sí misma.

Luke Richmond y ella no tenían absolutamente nada en común. Excepto la antipatía que sentían el uno por el otro.

Aunque antipatía quizá era una palabra demasiado fuerte. La hacía sentir incómoda, pero...

—Ya estamos aquí —dijo Luke cuando llegaron hasta el final del camino—. ¿Te apetece cruzar hasta la isla?

Estaban al borde de un lago oculto tras los árboles. En medio del lago, un pequeño islote. Frente a ellos, amarrado a un muelle de madera, un bote de remos.

—¿En eso?

—Es muy seguro —contestó él—. ¿O crees que quiero llevarte a la isla con oscuras intenciones?

—Sería una forma de librarse de mí —sonrió Leonie—. O quizá pretendes ahogarme antes de llegar.

—¿Sabes nadar? —preguntó Luke.

—Claro que sí.

—Entonces daría igual que te tirase del bote.

—Muy bien. Me arriesgaré.

Leonie intentó no mirar los fuertes brazos del hombre mientras remaba hacia la isla.

–¿Qué te hace pensar que quiero librarme de ti?

–No es un secreto que no te caigo bien –contestó ella.

Aunque si alguien le hubiera dicho media hora antes que estaría sentada en un bote de remos con Luke Richmond no lo habría creído.

–Ni siquiera yo sería capaz de ahogarte.

Cuando llegaron a la isla, Luke amarró el bote al muelle.

–Obviamente, has hecho esto antes.

–Muchas veces. Era mi sitio favorito de pequeño. Venía aquí cuando quería estar solo.

Leonie se sintió entonces como una intrusa. Pero entendía que aquella isla solitaria fuera tan atractiva para un niño. Allí, entre los árboles, podría ser lo que quisiera: un naúfrago, un pirata en busca de un tesoro...

Pero si aquel sitio era tan especial, ¿por qué la había llevado a ella?

Luke la tomó del brazo para ayudarla a salir del bote, mirándola como si hubiera leído sus pensamientos.

–Sabes nadar, pero este sería un buen sitio para enterrar tu cadáver, ¿no te parece?

–Sí, claro. Pero si no aparezco en la cena tu madre se preguntaría qué ha sido de mí.

–Es posible –murmuró él, llevándola por un camino de tierra.

No exageraba al decir que no había pasado por allí en mucho tiempo. Todo estaba lleno de maleza. El follaje había crecido tanto que Luke tenía que apartarlo con la mano en algunos sitios, como si se estuviera abriendo paso a través de una jungla. Pero, evidentemente, sabía dónde iba.

–Empiezo a sentirme otra vez como el explorador Stanley –bromeó, cuando una rama lo golpeó en la cara.

–Y yo como Katharine Hepburn en *La reina de África* –rio Leonie.

–Ah, veo que has tenido tiempo para ir al cine. Además de estudiar Historia, claro.

–Por supuesto. El mejor papel de tu madre fue el de Catalina la Grande en *Querida zarina*.

Luke dejó de sonreír y soltó la rama, que golpeó a Leonie en la cara.

–¡Ay!

–Perdona –se disculpó él entonces, volviendo sobre sus pasos–. ¿Te he hecho daño? Lo siento, de verdad. Soy un imbécil...

–No es nada. Me han pasado cosas peores, te lo aseguro. De pequeña era un chicazo. Me subía a los árboles y siempre acababa cayéndome.

–¿De verdad? –Luke la miró entonces con un brillo raro en los ojos.

Siguieron caminando hasta llegar a un claro. En medio del claro había un anciano roble y, apoyada en el tronco, una escalera. Y, evidentemente, al final de la escalera, una típica casita hecha de troncos.

—Cuando era pequeño, pensaba que la había hecho yo solo, pero en realidad aguanta ahí arriba por la habilidad de nuestro jardinero —dijo Luke, poniendo un pie en el primer escalón—. Parece sólido, pero subiré yo antes, por si acaso.

Ella lo miró, incrédula.

—¿No pensarás que voy a...?

—¿Por qué no? Llevas vaqueros —la interrumpió Luke.

—Sí, pero no... no pienso subir ahí.

—¿Tienes miedo?

Leonie tragó saliva, medio hipnotizada por aquellos ojos verdes.

¿Tenía miedo? Y si era así, ¿tenía miedo de subir por aquella escalera o era algo más lo que provocaba el repentino temblor de sus manos?

MI QUERIDA Leonie... estás guapísima de rojo –la saludó Rachel cuando bajó al salón.

–Encantadora –dijo Luke, sirviendo champán para la media docena de invitados que se habían congregado ya en el salón–. Cobarde, pero encantadora.

Leonie no lo había mirado directamente, pero se volvió para hacerlo en aquel momento. La llamaba cobarde porque no se atrevió a subir al árbol.

¿Qué esperaba? Ya no eran unos niños.

Pero esa no era la razón por la que decidió que era mejor volver a casa, le dijo una vocecita.

La idea de estar a solas con Luke en un sitio tan pequeño la hizo sentir incómoda. La asustó.

–¿Cobarde? ¿Por qué la llamas cobarde? –preguntó Rachel.

–Cosas mías –contestó Luke.

–Quizá podrías presentarme a tus invitados

–intervino Leonie para dar por zanjado el tema.

–Puedo hacerlo yo mientras reparto el champán –se ofreció Luke–. Si a Leonie no le importa soportar mi compañía durante unos minutos, claro –añadió, con un brillo burlón en los ojos.

–Supongo que podré soportarlo –replicó ella, impaciente.

–Estupendo. Toma, te hará falta –dijo Luke, ofreciéndole una copa de champán.

Si iba a tener que aguantar sus sarcasmos, sin duda le haría falta un poco de alcohol. Aunque pensaba escapar de su compañía en cuanto le fuera posible.

Leonie tomó un sorbo del líquido espumoso antes de acompañarlo al otro lado del salón, donde charlaban los invitados, entre los que había algunas caras conocidas.

Tras diez minutos de presentaciones, todo el mundo la llamaba «querida», como el insufrible Luke había predicho. Y a Leonie, convertida en «amiga de la familia», le daba vueltas la cabeza al tener delante a tantas estrellas de cine.

Las mujeres, guapísimas, iban todas con vestidos de diseño. Los hombres, todos con esmoquin, solo se diferenciaban por el color de la pajarita.

–¿Quieres salir a tomar el aire? –le preguntó

Luke–. La combinación de tantos perfumes echa un poco para atrás.

¿Quería salir al jardín con Luke?, se preguntó Leonie. ¿Quería estar a solas bajo la luz de la luna, aquella preciosa noche de mayo?

No. Pero tenía razón sobre los perfumes. Empezaba a dolerle la cabeza. O quizá era efecto del champán.

–Sí, gracias –aceptó en voz baja.

–Rachel no sabe lo abrumadores que pueden ser sus invitados para una persona normal –sonrió Luke, abriendo la puerta que daba al jardín.

–Hablas como si yo acabase de llegar del pueblo.

–Todo lo contrario. De hecho, llamas la atención entre todas esas señoras como una mariposa entre...

–¡Por favor! Ellas son las mariposas, yo la polilla –rio Leonie.

Aunque sin duda ella habría incluido a Luke entre las «mariposas». Estaba guapísimo con el esmoquin, la camisa de un blanco inmaculado y la pajarita roja, casi del mismo tono que su vestido. Como si se hubieran puesto de acuerdo...

Pero, por supuesto, no era así.

–¿Te parezco un hombre de los que hacen cumplidos porque sí?

–No, la verdad es que no.

–Entonces, acepta el piropo. Es lo que pienso.

–Ya.

Leonie tragó saliva. No le gustaba estar a solas con él. No le había gustado por la tarde y no le gustaba en aquel momento.

–¿Qué te pasa? –preguntó Luke entonces, tocando su brazo.

Ella tuvo que hacer un esfuerzo para respirar normalmente. Estaban demasiado cerca y el roce de su mano...

–Creo que deberíamos volver dentro.

No sabía lo que le estaba pasando, pero no le hacía ninguna gracia. Estaba allí para hacer un trabajo, no para entretener al hijo de Rachel Richmond.

–Entra tú si quieres. Yo iré dentro de un momento –dijo Luke, sin mirarla.

Leonie volvió al salón sin decir nada. Por un momento, pensó despedirse de todos arguyendo un dolor de cabeza, pero...

–Ven, querida –dijo Rachel, tomándola del brazo–. Leonie Winston es una chica muy inteligente. Es historiadora –le contó a sus amigos.

Leonie casi soltó una carcajada al ver la expresión del grupo. La actriz podría haber anunciado que era sexadora de pollos y les habría dado exactamente igual.

Pero sabía que Rachel no quería anunciar que estaba escribiendo su biografía.

–¿La estás ayudando con su investigación? –le preguntó uno de los hombres.

Al menos, intentaba mostrar cierto interés, pensó ella. Pero no sabía a qué investigación se refería.

–¿Perdón?

–Rachel va a interpretar a la reina Isabel en televisión.

–Ah, ya veo. Pues no, no exactamente.

El hombre se encogió de hombros, dando por terminada la conversación.

«Encantador», pensó Leonie.

–Te lo advertí –oyó una voz tras ella–. ¿No preferirías haberte quedado conmigo en el jardín?

–¡No! ¿A qué hora cenamos?

–Ni idea. Toma unas nueces –sonrió Luke.

Leonie dejó escapar un suspiro. Después de todo, no era culpa de Luke que los invitados de su madre fueran tan insoportables.

–Gracias.

–¿Te encuentras mejor?

–No –contestó ella. Eran casi las diez y ni Rachel ni sus invitados mostraban la menor intención de ir al comedor–. Pensé que cenaríamos a las nueve.

–Estamos esperando a uno de los invitados. Un amigo de mi madre que, por alguna razón, se retrasa.

–Seguro que a Janet no le importaría sentarse con nosotros para que fuéramos doce –replicó Leonie en voz baja.

Janet era la ayudante de Rachel. Una pelirroja de treinta años inteligente y atractiva... que parecía llevarse muy bien con Luke, además.

–Me temo que eso no es posible. No habría equilibrio en la mesa. El invitado que esperamos es un hombre, no una mujer.

En ese momento entraba en el salón un hombre alto de unos sesenta años. El último invitado. ¿Sería la «compañía masculina» que había mencionado Jeremy?

El cálido saludo de Rachel parecía indicar que sí. Era más joven que ella, pero las actrices no tienen edad y Rachel Richmond menos que ninguna.

Leonie miró a Luke de reojo para ver cuál era su reacción al ver a su madre con aquel hombre. Pero su expresión era hermética.

–Parece que, por fin, vamos a cenar –fue todo lo que dijo.

El comedor era una sala preciosa, con techos muy altos y una enorme mesa redonda de caoba. En lugar de lámparas, docenas de velas daban un toque romántico a la estancia. Sobre la mesa, un mantel de hilo blanco, una vajilla de porcelana antigua, dos candelabros de plata y un centro de rosas blancas.

—Qué preciosidad. ¿Para qué cenar fuera si se tiene esto en casa?

—Rachel no suele cenar fuera. Odia los restaurantes —sonrió Luke.

—Esto es una maravilla —murmuró Leonie, encantada.

Pero el encantamiento duró hasta que se dio cuenta de que tendría que sentarse a su lado. A su izquierda estaba el invitado que llegó tarde.

Tampoco le habría hecho gracia tener que cenar entre dos de aquellos sosos pavos reales, pero Luke...

—Por favor, señorita —sonrió él, apartando la silla.

—Gracias —murmuró Leonie.

Después de todo, no podía discutir. Y quizá el amigo de Rachel sería más agradable.

—Me parece que no nos han presentado —dijo Luke entonces.

—¿Esa es tu silla? —preguntó Rachel, con el ceño fruncido.

—Ahora sí.

—Pero... yo te había puesto al lado de Gloria. Ya sabes que James y ella no se llevan bien.

—Seguramente porque James la encuentra tan aburrida como yo. ¿Quién es tu invitado, Rachel?

Lo que estaba claro para Leonie era que Luke se había sentado a su lado a propósito.

Quizá la encontraba menos aburrida que a la tal Gloria...

En cualquier caso, parecía contento. Pero ella necesitaba un respiro. Investigar la vida de Rachel Richmond era interesante, pero su entorno empezaba a parecerle una pesadilla.

—Es mi buen amigo Michael Harris —lo presentó Rachel—. Michael, te presento a Leonie Winston, una amiga de la familia. Y, como ya habrás imaginado, este mi insoportable hijo, Luke.

Leonie estrechó la mano del recién llegado y luego se echó hacia atrás para que lo hiciera Luke, que rozó sus pechos con el brazo.

—No me gusta que hayas cambiado de sitio sin decir nada —lo regañó su madre.

—Pues la próxima vez no me pongas al lado de Gloria —replicó él.

—Siempre has sido imposible —suspiró Rachel.

Leonie debía admitir que también ella lo encontraba imposible. Más que eso.

¿La había rozado sin querer o deliberadamente? Y lo peor de todo era que sus pechos reaccionaron ante el inesperado roce... los pezones marcándose claramente por debajo de la tela del vestido.

Luke levantó una ceja, irónico.

—¿Pasa algo, Leonie?

–Nada en absoluto –contestó ella, concentrándose en el melón con fresas al oporto e ignorando a aquel ser insufrible... que había vuelto la cara para charlar con la mujer que tenía a la derecha.

Era... era... ¡nunca había conocido a nadie tan fastidioso!

Pero lo cierto era que ningún hombre la había afectado tanto como él. ¿Y su relación con Jeremy?, se preguntó. Porque no podía decir, a pesar de la traidora reacción de su cuerpo, que sintiera afecto por Luke. En absoluto. Además, era peligroso.

–¿No te gusta el melón con fresas? –le preguntó Michael Harris.

Llevaba un rato moviendo las frutas con el tenedor, distraída. Algo que no había pasado desapercibido para su compañero de mesa.

Leonie se volvió con una sonrisa.

Michael le había caído bien desde el principio. Ojos azules llenos de sinceridad, canas en las sienes... y evidentemente se encontraba tan fuera de lugar como ella.

–Me gusta, pero no tengo mucha hambre.

Michael asintió, como si la entendiera. Lo cual era imposible.

Además, Luke solo estaba jugando con ella, aburrido con los invitados de su madre.

–Rachel me ha dicho que eres historiadora

—siguió Michael, aparentemente interesado—. Con un apellido como el tuyo, no puedo dejar de preguntarme si tienes algo que ver con Leo Winston...

—Es mi abuelo —confirmó ella, aliviada al ver que había alguien con quien podía hablar—. ¿Lo conoce?

—He oído hablar de él. Estudió en Harvard algunos años antes que yo.

—Sí, claro —sonrió Leonie. Estaba siendo muy generoso con lo de «algunos años», por supuesto—. ¿Usted también estudió Historia, señor Harris?

—Por favor, llámame Michael. No, no estudié Historia.

—¿Quieres champán, Michael? ¿O prefieres vino? —preguntó entonces Rachel.

—Agua mineral, por favor. Me temo que no podré quedarme mucho tiempo. Tengo que volver a Londres esta noche.

La anfitriona pareció decepcionada.

—Pensé que ibas a quedarte todo el fin de semana.

—No puedo, de verdad. En otra ocasión, querida —sonrió él, apretando su mano.

—¿Por qué tanta prisa por volver a Londres? —preguntó Luke—. Desilusionar a mi madre podría costarle caro.

—Tengo otro compromiso —contestó Michael

Harris, sin mostrar irritación alguna por la evidente ironía.

—Ya, claro.

—Tu madre me ha dicho que eres escritor. ¿Estás trabajando en algo ahora mismo?

Era una pregunta que Leonie había querido hacerle varias veces. Desgraciadamente, Luke no era como el resto de los invitados. A él no le apetecía hablar de sí mismo.

Pero la pregunta consiguió que se estableciera una conversación interesante sobre el cine y el teatro.

Y también consiguió que Leonie pudiera disfrutar del salmón marinado sin que Luke Richmond volviera a molestarla. Pero decidió no arriesgarse y se levantó después del café.

—Pero si es muy temprano —protestó Rachel.

—Ha sido un día muy largo para mí. Lo siento, pero estoy agotada.

Eran casi las doce y ya había tenido bastante por un día.

Luke se levantó también.

—Te acompaño a tu habitación.

Leonie lo miró, extrañada. ¿Qué pensarían su madre y el resto de los invitados?

Y, sobre todo, ¿qué debía pensar ella?

Capítulo 6

NO PONGAS esa cara de susto –sonrió Luke, tomándola del brazo–. Cualquiera diría que voy a violarte en cuanto salgamos del comedor.

Leonie se puso colorada. Más todavía. Ya se había ruborizado al sentir que todos los ojos se clavaban en ellos. Aparentemente, era muy raro para los invitados que Luke fuese amable con una mujer.

Pero presentarla como una amiga de la familia en lugar de la biógrafa de Rachel, que se sentaran juntos durante la cena... ¿qué otra conclusión podían sacar?

–Sé que no vas a hacerme nada.

–¿Decepcionada? –preguntó Luke entonces.

Leonie se volvió bruscamente y, al hacerlo, prácticamente se chocó con él. Estaban muy cerca, demasiado cerca.

–¿Qué haces?

–Nada. Y sonríe. Después de todo, esto es un espectáculo.

–No tienes por qué acompañarme a la habitación. ¿Qué va a pensar esa gente?

–No creo que sepan pensar en nada más que en sí mismos. Aunque podrían pensar que soy un anfitrión encantador. Además, ¿qué importa lo que piensen? No creo que vuelvas a verlos.

Era cierto. Aunque ese no era el asunto...

–Mira, Luke...

–No me lo digas. A tu novio no le gustaría, ¿es eso?

Jeremy y ella lo pasaban muy bien juntos, pero no había habido declaraciones de amor. A pesar de todo...

–O sea, que hay un novio –dijo Luke entonces–. ¿Otro historiador?

–No. Y no es asunto tuyo.

–¿Vas a contarle lo de nuestro paseo de hoy?

–¿Por qué iba a contárselo?

–Muy bien. ¿Vas a contarle que te he besado?

Ella lo miró, atónita.

–Pero si no me has besado...

No pudo terminar la frase porque Luke la tomó por la cintura y se inclinó para buscar sus labios.

Leonie se sintió como transportada al ojo de un huracán, como si todo a su alrededor estuviera desmoronándose y solo quedara Luke y el calor de sus brazos, el sensual placer de sus labios.

Tenía el pulso acelerado, estaba ardiendo.

—Por favor, Luke, ¿no podías encontrar un sitio más discreto?

Leonie se quedó helada al oír la voz de Rachel Richmond. Y cuando se volvió, vio no solo a Rachel sino a Michael Harris. Evidentemente el hombre intentaba marcharse, pero ellos bloqueaban el pasillo.

—Rachel, yo no... esto no es...

No pudo terminar la frase, avergonzada. Se había preguntado qué pensarían los invitados, pero debía empezar a preguntarse qué pensaría Rachel.

Luke la soltó bruscamente. Y al separarse del cuerpo del hombre, Leonie sintió como un golpe de aire frío.

—Estás avergonzándola, madre.

—Me parece que eso ya lo has hecho tú, hijo. Aun sabiendo...

—Rachel, quizá no es momento ni lugar para discutir esto —la interrumpió Michael.

Leonie no sabía dónde mirar. Pero no debía sentirse tan avergonzada. Tenía veintinueve años, la habían besado antes y ni Luke ni ella estaban casados o comprometidos con otra persona.

En otras circunstancias, si Rachel no hubiera aparecido, aquel beso podría haber sido nada más que... ¿qué?, se preguntó entonces. ¿Por qué estaba besando a Luke Richmond?

—Lo siento mucho, Leonie. Quizá no debería haber mimado tanto a Luke cuando era pequeño... así no creería que puede tomar lo que quiera cuando quiera sin pensar en las consecuencias —dijo Rachel, apretando su mano.

El evidente enfado con su hijo solo hizo que Leonie se sintiera peor. Después de todo, ella no se había apartado inmediatamente.

Y, por su expresión irónica, Luke parecía pensar exactamente lo mismo.

—No tiene importancia, Rachel. Encantada de conocerte, Michael —dijo entonces, dirigiéndose hacia la escalera como si no hubiese pasado nada.

Pero una vez en su dormitorio el valor la abandonó y cayó sobre la cama, con la cara entre las manos.

¿Había sabido desde que conoció a Luke Richmond que iba a pasar algo así? ¿Era esa la razón por la que pensó que sería mejor no escribir la biografía de su madre?

Porque había sentido aquella inexplicable atracción desde el principio. Y había sentido que aquella atracción era peligrosa para ella, que despertaría una insatisfacción dormida, pero latente sobre su vida.

Por ejemplo, sabía que la relación que mantenía con Jeremy no iría a ninguna parte. Que si estuviera enamorada de él, ya lo sabría.

¿Estaba enamorada de Luke?

¡No! Imposible.

El amor no tenía nada que ver con lo que sentía por Luke. Era una simple atracción sexual. Fascinación. Pero no amor.

No podía amar a un hombre incapaz de dejar que nadie penetrase las barreras que había erigido alrededor de su corazón...

—Quiero disculparme por el comportamiento de Luke —le dijo Rachel al día siguiente—. Está intentando asustarte para que salgas corriendo, pero yo espero que no lo hagas.

Leonie había bajado tarde aquella mañana, esperando poder desayunar sola. Para después volver a Londres.

Desgraciadamente, Rachel se acostó muy tarde y también ella acababa de bajar a desayunar.

Leonie miró a la actriz por encima de la taza.

—No tienes que...

–Hablé con Luke anoche, cuando te fuiste a la cama. Pensé que había aceptado por fin mi decisión sobre la biografía, pero no imaginaba que llegaría tan lejos... Lo único que puedo decir es que lo siento, Leonie, y que intentaré que esto no vuelva a pasar. Al menos, en mi casa.

De modo que Luke la había besado para que se echara atrás, para que no escribiese la biografía de su madre...

¿Sería posible?

–Debería haberme tomado el beso en serio –dijo entonces–. ¡Debería haberle dicho delante de todo el mundo que quería casarme con él y ser la madre de sus hijos!

Si Luke hubiera estado allí en ese momento, lo habría abofeteado.

Rachel soltó una carcajada.

–¡Me habría encantado verlo! Entonces habría sido él quien saliera corriendo.

–Exactamente –asintió Leonie. Aunque no le hacía gracia la implicación de que fue ella quien salió corriendo.

Pero la verdad era que estuvo dándole vueltas a la cabeza durante horas y horas, condenándose a sí misma por aquel beso... cuando lo único que Luke quería era evitar que escribiese la biografía de su madre. Usando todos los medios a su alcance.

—Me temo que debo volver a Londres... pero no tiene nada que ver con Luke.

Tenía que marcharse de allí para olvidar lo que había pasado, pero volvería. Por supuesto que volvería. Ni Luke ni catorce como él la harían echarse atrás.

—Eso espero. No debes hacerle caso —sonrió Rachel.

—Me gustaría llevarme algunos álbumes de fotos para trabajar.

—Lo que tú digas —suspiró la actriz—. Siento mucho que este fin de semana haya sido un desastre. El próximo tendremos mucho más tiempo para estar solas.

Leonie esperaba que no invitase de nuevo a sus amigos. No le apetecía pasar los fines de semana con aquella troupe de actores. No eran malos, sencillamente no tenían nada en común con ella.

Y no llegarían a ninguna parte si todos los fines de semana eran tan improductivos como aquel.

Aunque no fue del todo improductivo. Había entendido lo que perseguía Luke con tanta amabilidad. Y la próxima vez no sería tan cándida.

Si había una próxima vez.

Leonie se levantó sin terminar el desayuno. De todas formas, no podría haber tragado el cruasán.

–Tengo que subir a la habitación por mi bolsa de viaje. Si no te importa sacar los álbumes...

–No, claro que no.

Rachel no le había dicho dónde estaba Luke, pero con un poco de suerte también él se habría ido. Y, de todas formas, no pensaba verlo antes de marcharse.

Fue mala suerte que Luke apareciese cuando estaba abriendo el maletero del coche.

–¿Nos dejas? –sonrió, acercándose. Llevaba una camiseta azul marino y una bolsa en la mano.

–Tengo cosas que hacer –contestó Leonie, intentando disimular su nerviosismo.

–Ya me imagino. Rachel parece pensar que te debo una disculpa por lo de anoche.

Ella tragó saliva. Ojalá Rachel no hubiera presenciado aquel beso, pensó. Así podría haber lidiado con la situación a su manera, es decir fingiendo que no había pasado nada en absoluto.

–¿Y bien?

–¿Y bien qué?

Aparentemente, tú no opinas lo mismo que tu madre –suspiró Leonie.

Luke se encogió de hombros.

–Estoy más interesado en saber si tú piensas que te debo una disculpa.

En realidad, no. Después de todo, ella podía haberle dado una bofetada. Como en las películas.

—No —contestó por fin.

—¿No?

—Pero no volverá a pasar.

—Ah, qué pena. Iba a preguntarte si querías cenar conmigo un día de estos.

—No, gracias.

¡Cenar con él! ¿Cómo se podía tener tanta cara?

—¿No?

—No —repitió Leonie.

—¿No le gustaría a tu novio? —preguntó Luke, sarcástico.

—Dejemos mi vida personal a un lado, ¿de acuerdo?

—Me temo que eso es imposible. Tu vida profesional no me interesa. Al menos, mientras estés escribiendo la biografía de mi madre.

Ella lo miró, atónita. Desde luego, no tenía pelos en la lengua.

—Entonces no tenemos nada de qué hablar —dijo, cerrando el maletero del coche.

—¿No se te olvida algo?

—Iba a despedirme de Rachel ahora mismo.

Luke Richmond era un grosero, pero ella no lo era en absoluto. ¿Qué se había creído?

—Mi madre se ha retirado a su habitación

con un terrible dolor de cabeza. Me ha dicho que me despida en su nombre.

Un dolor de cabeza que desaparecería en cuanto su hijo volviera a Londres, sin duda.

Aunque eso tampoco era cierto del todo. A pesar de que la exasperaba a veces, era evidente que Rachel adoraba a aquel engendro de hijo.

–Iba a darme unas cosas...

Luke levantó la bolsa.

–Están aquí.

–Déjala sobre el asiento. Y dile a tu madre que espero que se le pasa el dolor de cabeza.

–Lo haré.

Leonie entró en el coche y cerró la puerta. Cuanto antes se fuera de allí, antes se le pasaría el enfado.

–Conduce con cuidado –le aconsejó Luke.

–Yo siempre conduzco con cuidado.

–¿Ah, sí? Pues tu elección de coche parece decir lo contrario –replicó él, mirando el deportivo.

–Fue un regalo de cumpleaños de mi abuelo.

–¿No lo elegiste tú?

En realidad, sí... Su abuelo se lo regaló el día que cumplió veinticinco años, pero fue ella quien eligió el modelo. Y no le gustaba nada la insinuación de que ese coche indicaba una naturaleza impulsiva y aventurera que, según Luke Richmond, intentaba esconder.

–Ya te he dicho que fue un regalo de mi abuelo. Y si no te importa cerrar la puerta, me gustaría volver a Londres.

–Por supuesto. Nos veremos el próximo fin de semana –sonrió él, irónico.

Leonie arrancó, enfadada. No podía pedirle a Rachel que echara a su hijo de casa, de modo que tendría que comprobar si él iba a estar allí antes de comprometerse a pasar el fin de semana.

Podrían encontrarse en Londres, pensó.

«Cobarde», le dijo una vocecita.

Pero aquel fin de semana había sido demasiado complicado. Un terreno neutral, sin distracciones, sería mucho mejor.

Se animó cuando estaba llegando a Londres. En realidad, el asunto del beso no tenía tanta importancia. Luke solo intentaba que rechazase escribir la biografía de su madre y lo único que ella tenía que hacer era demostrarle que no había tenido éxito.

Que no lo tendría hiciera lo que hiciera.

De hecho, aquella misma tarde, mientras miraba las fotografías de un álbum, volvió a sentirse alegre y confiada. Luke Richmond... Si pensaba que iba a asustarla con sus tonterías, estaba muy equivocado.

Entonces vio que faltaban tres fotos. Todas

las páginas tenían cuatro fotografías pegadas, excepto una de ellas.

¿Quién las habría quitado?

¿Y por qué?

Y, sobre todo, ¿cuándo las habían quitado? ¿Antes de que Rachel le diera los álbumes a Luke o antes de que Luke se los diera a ella?

Capítulo 7

CREES que esas fotografías podrían ser del padre de Luke Richmond? –le preguntó Jeremy al día siguiente, mientras tomaban un café.

–Me temo que no lo sabré nunca –suspiró Leonie.

–Podrías preguntarle a Rachel.

Pero si fue Rachel quien quitó las fotografías, la pondría en una situación incómoda. Y si había sido Luke... Leonie no quería causar más problemas entre madre e hijo.

–Seguramente no son tan importantes –murmuró entonces, deseando no haber mencionado el incidente.

El problema era que aquella tarde no se encontraba tan cómoda con Jeremy como solía estarlo. Le costaba trabajo mantener una conversación. Quizá se sentía culpable por aquel tonto beso.

Jeremy, por el contrario, se mostraba tan

agradable como siempre. Era ella la que no estaba relajada.

—¿Te ocurre algo? —preguntó Jeremy entonces, como si hubiera leído sus pensamientos.

Solo algunos de ellos, claro. Se moriría de vergüenza si supiera el ridículo que había hecho con Luke Richmond aquel fin de semana.

—No, nada. Es que estoy empezando a pensar que escribir esta biografía va a ser más complejo de lo que esperaba —suspiró Leonie—. Van a ser unos meses de trabajo duro.

Él apretó su mano.

—Te he dicho que no te preocupes por nosotros. Tú eres la clase de mujer por la que cualquier hombre esperaría.

Leonie lo miró, extrañada. No era normal que se pusiera tan «romántico». Quizá la había echado de menos. Normalmente siempre estaba cuando él la llamaba. El hecho de que no estuviera tan accesible podría haber despertado su interés.

Maravilloso. Justo lo que le faltaba.

Luke Richmond provocaba en ella una tremenda confusión de sentimientos y, de repente, Jeremy se le declaraba.

Leonie no podía mirarlo a los ojos.

Si estuviera enamorada de él, como había creído hasta unos días antes, no habría respondido al beso de Luke como lo hizo.

Aunque, en realidad, ¿qué sabía ella? Después de tantos años dedicada al estudio, no tenía gran experiencia en relaciones personales. Un par de amigos en la universidad, alguna cita que no había llegado a ninguna parte... y Jeremy.

Nada de eso la ayudaba a tratar con alguien como Luke Richmond.

–Se está haciendo tarde. Y tengo mucho trabajo.

El problema era que Jeremy seguía gustándole. Y también sabía que él no había cambiado. Era ella.

Pero la idea de darle un beso de buenas noches no le apetecía nada. No podía portarse de forma natural con él cuando estaba tan confusa.

De hecho, había quedado aquel día con la intención de enfriar un poco la relación, no hacerla más íntima.

–Sí, claro –asintió Jeremy–. Te comprendo.

–Me ha gustado mucho la película –dijo Leonie, mientras se dirigían al aparcamiento.

Afortunadamente, habían ido cada uno en su coche. Un beso en el aparcamiento no sería tan... apasionado como si la hubiera acompañado a casa.

Él asintió, pensativo.

–Te acompaño al coche.

–No hace falta, de verdad –sonrió Leonie, despidiéndose con un beso en la mejilla.

–Oye...

–¿Sí?

–Te llamaré esta semana, ¿de acuerdo? –preguntó Jeremy, aparentemente sorprendido por la abrupta despedida.

–Sí, claro. Hablamos esta semana.

El pobre seguía en la acera cuando arrancó el coche.

Leonie dejó escapar un suspiro. Estaba portándose como una quinceañera y todo por culpa de Luke Richmond. Aquel hombre había estado jugando con sus emociones durante todo el fin de semana...

Pero saberlo no alteraba el hecho de que se sentía confusa.

Siempre había disfrutado de la compañía de Jeremy, incluso pensó que la relación iba a alguna parte. Ese era el problema: lo había pensado, pero ya no lo creía.

–Me encanta venir a Londres –dijo Rachel, entusiasmada.

Estaban en una suite del hotel Ritz, donde la actriz se alojaría durante unos días para reunirse con el director del programa de televisión en el que iba a interpretar el papel de la reina Isabel.

El salón de la suite era más grande que todo

el apartamento de Leonie, los muebles antiguos, las cortinas de seda. Y había flores por todas partes.

Rachel la había llamado el día anterior para decirle que pasaría el fin de semana en Londres y que podían verse el viernes por la tarde.

Ella agradeció la sugerencia de corazón. De ese modo no tendría que ver a Luke y, además, una excusa para no ver a Jeremy.

Seguía sin saber qué iba a hacer con él, pero aquella reunión con Rachel le había dado un respiro antes de tomar la decisión. Quizá era una cobardía, pero ella no era una persona que tomase decisiones apresuradas.

Al menos, no lo hacía normalmente. Pero no había que pensar mucho para saber que lo mejor era alejarse de Luke Richmond todo lo posible.

—He traído mis diarios de cuando me fui a Hollywood. Tenía entonces dieciocho años —le contó Rachel, abriendo un maletín en el que Leonie vio docenas de cuadernos con las pastas de cuero rojo—. Son una lectura muy interesante después de tantos años... ¡incluso para mí!

—¿Quieres que los lea yo o prefieres...?

—Tienes que leerlos. Así entenderás mi vida mucho mejor que si te la cuento yo misma.

—Espero que los censures antes de dárselos a Leonie —oyó entonces una voz a sus espaldas.

Leonie se volvió abruptamente. Luke Richmond, por supuesto. Recién salido de la ducha y con un esmoquin que le quedaba perfecto.

Estaba guapísimo, debía reconocerlo. Tanto que su corazón empezó a dar saltos.

Debería haberlo imaginado, debería haber sabido que no sería tan fácil escapar de él. Porque fuera donde fuera Rachel Richmond, su hijo nunca estaba demasiado lejos. Corrección: siempre que Rachel estaba con ella, aparecía Luke.

¿Qué le daba tanto miedo? ¿Pensaba que, después de tantos años de secretismo, iba a contarle a todo el mundo quién era su padre sin discutirlo antes con él?

Desde luego, la constante presencia de Luke en sus reuniones era más que sospechosa.

Llevaba esmoquin, de modo que iba a alguna fiesta. ¿Con una mujer?, se preguntó entonces. Evidentemente no iba a quedarse. Solo había pasado por la suite... para irritarla, seguramente.

Debía dormir en el apartamento que tenía en Londres, pensó. ¿Por qué Rachel no se había alojado en su casa? Quizá porque había otra mujer...

–Luke nos invita a cenar, Leonie –dijo ella entonces–. Con la condición de que se comporte, claro.

–Antes de hacer tal promesa, quizá deberíamos preguntarle a Leonie si quiere que me comporte –sonrió Luke.

–Tu comportamiento, malo, bueno o regular, me da completamente igual.

–¿Ah, sí?

–¿Por qué te metes con ella? –lo regañó su madre, estirándose el precioso vestido de lentejuelas negras.

Luke se encogió de hombros.

–Es tan fácil hacerla enfadar...

–Pues no tiene ninguna gracia, hijo.

–No estoy vestida para ir a ninguna parte –dijo Leonie, ignorando a Luke por completo.

–Estás muy guapa. Un vestido negro siempre es elegante, querida –sonrió Rachel, señalando el sencillo vestido de manga corta.

Se había puesto aquel vestido y las sandalias negras de tacón porque iba al mejor hotel de Londres. Pero no era su mejor vestido y no se sentía cómoda.

–No, de verdad...

–Tengo un pañuelo que te irá de maravilla. Voy a buscarlo –la interrumpió Rachel.

Y entonces desapareció en el dormitorio, dejándola a solas con Luke.

–¿Qué tal la semana?

Leonie lo miró para ver si detectaba sarcasmo en su expresión, pero no parecía haberlo.

—Bien, gracias. ¿Y tú?

—Fatal —contestó él.

—Ah, lo siento.

—¿Lo sientes? —repitió Luke, furioso—. Lo dudo. Tengo la impresión de que te gustaría verme en el infierno —dijo entonces, apretando los puños.

Leonie se quedó atónita.

—Me parece que no me has entendido...

—Y a mí me parece que no quieres que te entienda.

Eso la dejó perpleja. De repente, Luke parecía a punto de explotar y no sabía por qué.

—Siento mucho que no hayas tenido una buena semana. ¿Así está mejor?

—¡No! Leonie...

—Parece que tu madre tarda en encontrar el pañuelo.

Él sonrió con frialdad.

—Seguramente está dándome tiempo para que me disculpe como debería haber hecho el fin de semana pasado.

—Pues está perdiendo el tiempo, evidentemente —replicó ella, irónica.

—Y a ti nadie podría acusarte de ser excesivamente amable, desde luego.

—Eso depende de con quién hable.

–Eres la mujer más... ¿dónde has estado toda mi vida Leonie Winston?

–Evitándote, por supuesto.

Y era cierto. Si lo hubiera conocido durante sus años de universidad se habría muerto de miedo. Gracias a la madurez, a la confianza que tenía en su trabajo lograba replicarle como merecía. O, al menos, lo intentaba.

Luke soltó una carcajada. Tenía una boca muy sensual, pensó Leonie, fascinada. Debería reírse más. O quizá no. Ya era suficientemente turbador cuando estaba serio.

–Leonie...

–Ya estoy aquí –Rachel apareció entonces con el prometido pañuelo de seda gris–. ¿Va todo bien?

Luke estaba en lo cierto. Había esperado que arreglasen sus diferencias en esos cinco minutos.

¿Lo habían hecho? Al menos, él parecía más tranquilo.

–¿Amigos otra vez? –preguntó Rachel, colocándole el pañuelo.

Leonie no estaba segura de que Luke y ella pudieran ser amigos alguna vez. Además, no estaba segura de quererlo como amigo. Y él parecía pensar lo mismo.

–No tengo ni idea. ¿Somos amigos, Leonie?

Ella no contestó. ¿Podrían ser amigos? Difícilmente.

–Me parece que el jurado sigue deliberando, Rachel.

–Qué pena. Yo esperaba que os llevaseis bien.

–Sé muy bien lo que esperabas, madre. Pero no va a ocurrir. No ocurrirá nunca, a pesar de tus maquinaciones.

Leonie miró de uno a otro, sin saber de qué estaban hablando. Pero también supo al mirarlos, tan parecidos en su obstinación, que ninguno de los dos se lo iba a explicar.

Y, en aquellas circunstancias, la cena no prometía ser nada relajante.

Capítulo 8

ME ENCANTA este sitio –sonrió Rachel, cuando llegaron al restaurante–. Normalmente suelo cenar en la suite, pero aquí me encuentro muy a gusto.

A Leonie también le complacía. El restaurante estaba en el último piso del hotel y era muy agradable. El servicio, amable, pero no exageradamente efusivo, a pesar de que entre sus clientes se contaban muchos políticos y estrellas de cine. Además, desde aquella mesa podían ver todo Londres.

Ni siquiera que Luke se sentara a su lado consiguió estropearle la velada.

–Tiene una vista preciosa.

–Me alegro de que te guste –sonrió Rachel–. Por supuesto, que nos escolte un hombre tan guapo añade diversión al asunto –añadió, guiñándole un ojo a su hijo.

–Me alegro de ser un divertimento –bromeó Luke.

–Vamos a pedir champán. Va con todas las

comidas y no me produce resaca –dijo Rachel entonces.

Era viernes y, en circunstancias normales, Jeremy y ella habrían ido a tomar una pizza. Nada que ver con la forma de vida de Rachel y Luke Richmond.

En cualquier caso, era una forma deliciosa de pasar la noche, pensó. Y la comida, absolutamente exquisita de sabor y presentación.

Pero aquella no era su vida. Y Rachel ya estaba pidiéndole que comiera con ella al día siguiente.

–Me temo que no va a ser posible. Voy a pasar el fin de semana en Devonshire.

–¿Con tu novio? –preguntó Luke.

Podría parecer una pregunta normal y corriente, pero Leonie sabía que no lo era.

–No. Es el aniversario de mis padres y mi abuelo ha organizado una fiesta sorpresa.

–¡Qué maravilla! ¿Llevan muchos años casados? –preguntó Rachel.

–Veintinueve.

–En ese caso, yo creo que merecen una medalla, no una fiesta sorpresa –rio Luke.

–No seas cínico –lo regañó su madre–. ¿Ves mucho a tu familia, Leonie?

–No tanto como debería. Mi abuelo es maravilloso, pero... en fin, me da no sé qué decir que «mis padres no me entienden».

—¿Aunque sea cierto?

—Aunque sea cierto.

—Luke y yo siempre hemos estado muy unidos... sí, es verdad, aunque seas insoportable —dijo Rachel entonces.

—Me parece que no pensabas lo mismo cuando me tomé dos años sabáticos.

—Entonces tenías veinticinco años y te rebelabas contra todo. Además, te vino muy bien defenderte solo. El pobre casi se muere de hambre para probar que podía vivir sin mí —sonrió Rachel.

—¿No fue entonces cuando consiguió un Oscar?

—Exactamente. Y eso le demostró que ser mi hijo no era tan malo.

—Nunca me ha parecido malo ser tu hijo —replicó Luke.

—Cariño, no deberíamos sacar los trapos sucios delante de nuestra invitada.

—¿Por qué no? Después de todo...

—Este salmón está delicioso. ¿Qué tal tus gambas, Leonie?

—Muy ricas —contestó ella, atónita.

—Leonie está escribiendo tu biografía, así que debería saber que tu vida no ha sido siempre un lecho de rosas. ¡Y por si alguien está interesado, mis caracoles están buenísimos! —exclamó Luke, impaciente.

La vida de una estrella de cine no siempre debía ser tan maravillosa como parecía en las revistas. Sobre todo, siendo madre soltera, pensó Leonie.

Pero Rachel estaba sonriendo. Evidentemente, le hacía gracia que su hijo se portara como un niño mimado que exigía ser parte de la conversación.

Ella fue la primera en soltar una carcajada, seguida de Leonie y, después, del propio Luke, que no pudo contenerse.

—Muy bien, muy bien. Admito que me he puesto un poco tonto, pero los caracoles están deliciosos. ¿Quieres probar uno?

A Leonie no le gustaban los caracoles en absoluto. Pero estaba segura de que Luke lo había adivinado. Por eso se lo ofrecía.

Y no pensaba hacerse la blanda.

De modo que abrió la boca, tomó el caracol con los dientes, lo masticó una sola vez y se lo tragó de golpe para no saborearlo.

—Maravilloso —dijo con absoluta y total falsedad.

—¿Quieres otro?

—No, gracias.

—Ya me lo imaginaba.

Rachel observaba el intercambio con los ojos brillantes, pero Leonie decidió no hacerse preguntas.

–Siento mucho lo de este fin de semana. A partir del lunes empezaré a leer los diarios.

–Asegúrate de estar sola cuando lo hagas –intervino Luke–. Mi madre dice que fue bastante locuela al llegar a Hollywood.

–Claro que estaré sola. Todo lo que ella me cuente es absolutamente confidencial –replicó Leonie, irritada.

–¿Estás segura? ¿Podemos confiar en tu discreción aunque encuentres algo que a Rachel no le gustaría que apareciese en el libro?

–Por supuesto. Esta es su biografía y yo sencillamente la ayudo a escribirla. No voy a trabajar en su contra.

–Sí, pero...

–Cariño, yo confío en Leonie –lo interrumpió Rachel–. Vamos a disfrutar de la cena, ¿eh?

Y eso fue lo que hicieron, aparentemente, durante dos horas. Pero que Luke no confiaba en ella estaba claro. Y no podía hacer nada para convencerlo de lo contrario.

Solo la biografía terminada sería capaz de convencerlo.

–Gracias por todo –sonrió Leonie más tarde, de vuelta en la suite–. Prometo cuidar los diarios como oro en paño.

—Te llevaré a casa —dijo Luke entonces.

—No hace falta, he venido en mi coche.

Él lo sabía perfectamente, pero, por supuesto, tenía que insistir.

—Pues entonces te acompaño al aparcamiento. Es más de medianoche.

—¡No soy Cenicienta! —replicó ella, irritada. Sabía que iba a perder la discusión, pero no quería aceptar sus imposiciones de buen grado.

—¡Y yo no soy el príncipe azul!

Cuando Leonie se volvió hacia Rachel vio que intentaba contener la risa. Pero era otra batalla perdida. De hecho, la actriz soltó una carcajada estrepitosa.

—¿He dicho algo gracioso? —preguntó Luke.

—Ay, hijo, no tienes precio —rio ella, besándolo en la mejilla.

—Pero desde luego no es el príncipe azul —sonrió Leonie.

—No, eso es verdad. Pero ha sido el amor de mi vida durante treinta y siete años —dijo Rachel, poniéndose seria—. No sé qué habría hecho sin él.

Leonie carraspeó, incómoda. Se sentía como una intrusa y, sin duda, lo era.

—El sentimiento es mutuo —dijo Luke entonces.

—Bueno, marchaos. Yo tengo que dormir

doce horas para interpretar a la reina Isabel. La televisión no tiene piedad con las actrices de cierta edad –sonrió Rachel.

–Eres demasiado guapa para hacer el papel de la reina Isabel. Ella tenía cara de sapo.

–No cuando la interprete yo, cariño –replicó su madre.

–Claro que no. Te llamaré mañana.

–Muy bien. Que lo pases bien con tus padres, Leonie.

–Gracias. Lo intentaré.

Luke tomó el maletín con los diarios y abrió la puerta de la suite.

–Mi coche está aparcado aquí al lado.

–He dicho que te acompaño.

–Luke...

–La independencia es admirable en una mujer. Pero no tiene nada que ver con la obstinación –la interrumpió él. Leonie lo miró, perpleja. Aquel hombre era sencillamente insólito–. Y el silencio también es una cualidad admirable, por cierto.

Se alegró de llevar sandalias de tacón porque de ese modo casi estaba a su altura. Cuando salía con Jeremy, que solo medía un metro setenta y ocho, siempre se ponía zapatos planos para no sacarle una cabeza. Pero eso no pasaba con Luke. Y con aquel hombre necesitaba todas las ventajas posibles.

–Eres un...

–Aunque el silencio no dure mucho –la interrumpió él, burlón.

¿De qué forma podía ganarle una batalla a aquel ser insoportable? Había intentado ser sarcástica, razonar con él, ignorar sus puyas, pero en ningún caso se había sentido ganadora.

Quizá porque estaba dándole vueltas a la cabeza, quizá por los tacones, no estaba segura... el caso es que Leonie tropezó cuando salía por la puerta giratoria del hotel y cayó al suelo. Se había torcido un tobillo y el dolor era insoportable.

–¿Qué demonios...? –exclamó Luke.

Tanto él como el portero del hotel se acercaron corriendo para ayudarla a levantarse.

–Estoy bien –dijo ella, intentando disimular la vergüenza. Era espantoso estar en el suelo y que todo el mundo se quedase mirando.

Luke le pasó un brazo por la cintura para ayudarla a ponerse en pie y Leonie lo agradeció. Pero el dolor en el tobillo era insoportable.

–Apóyate en mí.

No tenía más remedio que hacerlo, aunque no le gustase.

–Qué tonta –murmuró, cortada.

–Voy a pedir un taxi –dijo el portero.

–No, no...

–Tenemos el coche aquí, no se moleste. Si no le importa llevar el maletín...

–Claro, señor.

Leonie no sabía dónde mirar. El pobre hombre seguramente quería apartarla del lujoso hotel lo antes posible.

Cuando llegaron al coche, Luke la apoyó sobre la puerta, mirándola con determinación.

–Yo conduzco. Dame las llaves.

–No cabes en mi coche.

–Si quitamos la capota, sí. Tuve un coche como este cuando estaba en la universidad. Además, no creo que tú puedas conducir.

Desde luego que no.

–Podría pedir un taxi...

–No vamos directamente a tu casa. Primero pasaremos por un hospital para que te vean el tobillo.

–Solo me lo he torcido...

–¿También estudiaste Medicina?

–Pero...

–Espero que solo te lo hayas torcido, Leonie –la interrumpió Luke, mientras quitaba la capota–. Pero creo que deberías ir al médico. Con estas cosas nunca se sabe.

–Muy bien, de acuerdo –suspiró ella.

No habría forma de hacerlo cambiar de opinión. De hecho, se preguntaba por qué se había molestado en comentarle lo del hospital. Al fin y al cabo, siempre hacía lo que le daba la gana...

–No pasa nada. Soy un buen conductor –sonrió él, mientras la ayudaba a entrar en el coche.

Lo estaba pasando de maravilla, claro. Leonie intentó encogerse en el asiento. El mes de mayo en Inglaterra no era precisamente un mes caluroso.

–¿Tienes frío? –preguntó Luke, frenando sin preocuparse por los conductores que tocaban el claxon y le decían de todo–. Toma mi chaqueta.

–No hace falta...

–No te pongas pesada. ¿Así estás mejor?

Debía admitir que estaba mucho más cómoda con la chaqueta puesta. Pero conservaba el calor de su cuerpo, el olor de su colonia...

–Ahora serás tú el que tenga frío.

–No pasa nada –se encogió Luke de hombros.

Afortunadamente, no volverían a verse durante el fin de semana, pensó Leonie.

–¡Oh, no! –exclamó entonces.

–¿Qué pasa?

–¡La fiesta de mis padres!

–¿Qué pasa con la fiesta?

–Que tengo que estar allí, pero no creo que pueda...

–Yo te llevaré a Devonshire –la interrumpió Luke.

–¿Tú? No, gracias.

–No seas tonta. Aunque no te hayas roto el tobillo, tendrán que vendártelo y no podrás conducir.

Leonie se mordió los labios. Aquello era una pesadilla.

–Eres muy amable, pero no creo que sea buena idea.

–Si no vas a la fiesta, tus padres se llevarán una desilusión. Y, afortunadamente, yo no tengo planes para el fin de semana.

–¿Y Rachel?

–Mi madre no me necesita cuando está en Londres. Ha quedado con unos amigos.

¿Michael Harris?, se preguntó Leonie.

–Ah, claro.

–¿O estás pensando llevarte a tu novio a Devonshire?

–Se llama Jeremy. Y no, no pensaba llevarlo.

Semanas antes pensó presentárselo a sus padres, pero la situación había cambiado por completo.

–Estupendo. Entonces, ¿cuál es el problema? –preguntó Luke, impaciente.

El problema era él. ¿Qué pensaría su familia al verla con Luke en lugar de Jeremy?

No, no podía hacerlo.

¿O sí?

Capítulo 9

LLEGAS pronto... Jeremy! –exclamó Leonie al abrir la puerta de su apartamento.

–¿Molesto?

–No, no. Es que... no te esperaba. ¿Quieres pasar?

¿Qué hacía Jeremy en su casa un sábado por la tarde? No la había llamado y no habían quedado para verse. Y no solía aparecer en su casa sin avisar.

–¿Qué te ha pasado? –preguntó Jeremy, señalando el tobillo vendado.

–No es nada. Es que anoche me tropecé.

El médico había insistido en que no lo apoyase durante una semana. Para alegría de Luke, claro.

¡Luke! Luke iría a buscarla en veinte minutos. Y lo último que Leonie deseaba era que se encontrase con Jeremy.

–¿Qué querías?

–No estoy seguro. Pareces un poco... distante. Leonie, ¿he hecho algo, he dicho algo que te haya molestado?

–No, claro que no –contestó ella–. Es que estoy un poco preocupado por la biografía de Rachel Richmond. Ya te dije que iba a ocupar gran parte de mi tiempo –añadió, mirando disimuladamente el reloj.

Eran casi las cuatro y Luke estaría a punto de llegar. Afortunadamente, irían en su coche. Un viaje de tres horas con la capota bajada sería sencillamente insoportable.

–Solo quería verte un momento...

–La verdad es que estoy muy ocupada –dijo Leonie, señalando los diarios–. Como puedes ver.

Jeremy tomó uno de ellos, con expresión incrédula.

–¿Esto es lo que creo que es?

Leonie se lo quitó de las manos, sintiéndose fieramente protectora. Dudaba mucho que nadie hubiera leído esos diarios. El comentario de Luke la noche anterior sugería que ni siquiera él lo había hecho.

–Mira, Jeremy, la verdad es que tengo mucho trabajo...

–Ya lo veo –sonrió él–. ¿Quedamos para el luncs? El ballet, ¿te acuerdas?

–Sí, claro.

¡El ballet! Había olvidado por completo que

tenían entradas para ver *El Lago de los cisnes*. Lo que unas semanas antes prometía ser una velada encantadora, en aquel momento le parecía una noche forzada en compañía de Jeremy.

–Me alegro. Bueno, me marcho... Por cierto, ¿has leído el diario del año anterior al nacimiento de su hijo? –preguntó él entonces.

Leonie frunció el ceño. Estaba claro que sentía curiosidad por conocer la identidad del padre de Luke. Como varios millones de admiradores.

–Los estoy leyendo por orden. Aún no he llegado a ese año.

–Pues yo lo habría leído antes que los demás.

–¿Ah, sí? –replicó ella, irritada. No sabía si por Rachel, por Luke o por lo que le parecía un grosero interés–. Yo trabajo con un método.

–¿No sientes curiosidad?

Por supuesto que sí. Pero leer aquellos diarios tan íntimos le resultaba incómodo. De alguna forma, se sentía desleal a Luke...

–Puede que no diga quién es el padre de su hijo, Jeremy –sonrió Leonie, llevándolo hacia la puerta.

–Si necesitas ayuda... es una broma, mujer. Nos vemos el lunes.

Leonie cerró la puerta haciendo una mueca

de disgusto. La verdad era que no tenía deseos de llegar a aquel diario en concreto. Aunque fuera su obligación, le parecía una deslealtad hacia Luke Richmond.

Era arrogante, insoportable y sarcástico, pero también podía ser amable y cariñoso.

La había llevado al hospital, se sentó a esperar mientras le hacían una radiografía, escuchó atentamente las instrucciones del médico... ¡Incluso se había ofrecido para ayudarla a ponerse el pijama!

Una oferta que ella rechazó inmediatamente, por supuesto.

Y en cuanto a su oferta de llevarla a Devonshire...

Cuanto menos tiempo pasara con él, mejor. Pero sus padres se llevarían una tremenda desilusión si no pudiera ir a la fiesta de aniversario.

Qué iba a hacer con Luke una vez allí... en fin, lo pensaría cuando llegase el momento.

Cinco minutos después sonó el timbre.

Luke, por supuesto. Tenía el pelo húmedo de la ducha y llevaba una camisa verde que destacaba el color de sus ojos. Leonie tuvo que tragar saliva.

¿Cómo iba a pasar un fin de semana con aquel hombre sin delatar sus sentimientos?, se preguntó.

–Ahora entiendo que te cayeras con las sandalias de tacón. Supongo que tendrás que ponerte zapatos bajos para salir con ese enano.

Genial. Solo tenía que abrir la boca y ya conseguía que lo odiase.

De modo que había visto a Jeremy... ¿Lo habría visto Jeremy también?

–¿Cómo te atreves?

–No te preocupes. He esperado en el coche hasta que se fue tu novio.

–Para tu información, Jeremy mide un metro setenta y ocho, así que no es ningún enano. Lo que pasa es que tú y yo somos demasiado altos –replicó ella–. Y no tenías que esperar en el coche. Seguro que le habría encantado conocerte.

Y era cierto. Jeremy había mostrado sentir la misma curiosidad que todo el mundo por la familia Richmond.

Luke hizo una mueca.

–Pues a mí no me apetece nada conocerlo. ¿Nos vamos?

–Voy a buscar la bolsa de viaje. Pero no puedo ponerme el zapato. No me cabe con la venda –dijo Leonie, señalando su pie descalzo.

–Entonces tendré que llevarte en brazos, ¿no?

–Mira, si no quieres llevarme a Devonshire...

–Claro que quiero.

–Entonces, ¿por qué estás tan enfadado?

–No estoy enfadado, Leonie. ¡Estoy furioso!

–¿Por qué?

–¿Cuánto tiempo llevaba tu novio aquí? ¿O lo llamaste anoche, en cuanto te dejé en casa?

–Oye...

–¡No tengo nada que escuchar! –la interrumpió Luke, tomándola por la cintura.

Leonie se quedó tan sorprendida que no pudo reaccionar. Pero la estupefacción no duró mucho y en cuanto sintió los labios del hombre intentó apartarse.

Él tomó su cara entre las manos.

–No, Leonie –murmuró, buscando sus labios de nuevo.

Suavemente aquella vez, saboreando el beso, pidiendo una respuesta en lugar de exigirla.

Y ella no pudo resistirse.

Estaba ardiendo, su piel tan sensible que cada roce de sus manos la hacía temblar. Entonces, sin pensar, enredó los brazos alrededor de su cuello y le devolvió el beso con la misma pasión, sus cuerpos apretados el uno contra el otro.

Los labios de Luke la quemaban y se le escapó un gemido cuando él empezó a acariciar sus pechos por encima de la blusa. El placer viajando hacia abajo, hasta instalarse entre sus piernas...

—¡Ay!

Se había movido y, sin pensar, apoyó el peso de su cuerpo sobre el tobillo vendado.

—¿Qué ocurre? ¿Te he hecho daño?

Leonie tragó saliva; el hechizo roto al darse cuenta de lo que estaban haciendo.

—Me duele... el tobillo.

No podía mirarlo y se apartó, intentando respirar. Si no hubiera sido por el tobillo, ¿qué habría pasado? No hacía falta tener mucha imaginación.

—¿En qué estás pensando? —le preguntó Luke con expresión enigmática.

Pero ella no pensaba decírselo. Ni siquiera quería pensarlo ella misma.

—Que no sé por qué estabas tan enfadado cuando llegaste.

—Te lo he dicho. Pero tú no estabas escuchando.

—Luke...

—¿Nos vamos? —la interrumpió él, mirando el reloj—. Son más de las cuatro.

¿Y de quién era la culpa?

—¿Sigues queriendo llevarme a Devonshire?

—Sigo queriendo llevarte. ¿Dónde está tu bolsa de viaje?

–En el dormitorio. Pero Luke... no sabes dónde está el dormitorio.

–El apartamento no es tan grande. No creo que tarde mucho en encontrarlo.

–Pero...

–¿No quieres que entre en tu dormitorio? ¿Por qué? ¿La cama está deshecha?

Leonie se mordió los labios. La verdad, después de lo que acababa de ocurrir entre ellos, que entrase en su cuarto le parecía demasiado... íntimo. Aunque no iba a poder evitarlo.

Pero no pensaba dejar que especulase sobre sus actividades amatorias.

–¡Para tu información, Jeremy llegó unos minutos antes que tú!

–¡Qué pena!

¿Cómo podía pasar de la pasión a la furia en tan poco tiempo? No tenía ni idea, pero solo Luke Richmond podía inducir tales emociones.

–Como acabamos de probar, mi tobillo no está para muchas pasiones en este momento –replicó, intentando mantener la calma.

Luke miró entonces los diarios.

–Supongo que tu novio no los habrá leído. A mi madre no le importa qué los leas tú, pero no creo que le hiciese gracia...

–¡Por supuesto que no! –lo interrumpió Leonie.

—¿Estás segura?

—Estoy absolutamente segura. Y, como tú mismo acabas de decir, es muy tarde, así que deberíamos irnos.

Luke siguió mirándola especulativamente durante unos segundos antes de darse la vuelta para ir al dormitorio.

Leonie no sabía por qué, pero estar con él era como estar frente a una carga de dinamita, sin saber nunca cuándo iba a explotar.

Y el fin de semana que le esperaba, con Luke Richmond como acompañante, cada vez le parecía más insoportable.

Capítulo 10

ES HORA de dar un paso adelante... huy, perdona, me había olvidado del tobillo –bromeó Luke, abriendo la puerta del coche.

Leonie respiró profundamente. Lo estaba haciendo a propósito, claro, para molestarla.

Después de tres horas soportando sus bromitas estaba a punto de soltarle una bofetada. Pero no le daría esa satisfacción.

–Vamos, Leonie. Has dicho que tus padres llegarían a las siete y media, así que solo faltan quince minutos. Y aún tienes que arreglarte un poco.

Leonie sacó las piernas, el tobillo izquierdo evidentemente hinchado bajo el vendaje.

La expresión de Luke cambió por completo al verlo.

–¿Por qué no me lo habías dicho?

–¿Para qué?

–Podría haber parado para colocarte en el

asiento de atrás. Si hubieras ido con el pie levantado quizá no estaría así ahora.

Lo pensó, pero Luke estaba tan insoportable que no había querido pedirle ayuda.

—Da igual —dijo entonces, apoyándose en él para salir—. Tendrás que aparcar el coche al otro lado del camino, junto con los otros, para que mis padres no lo vean.

—Lo haré enseguida —murmuró Luke, tomándola en brazos.

—¿Qué haces?

—Creo que está muy claro. No puedes apoyarte en ese tobillo.

No, seguramente no, pero habría preferido ir andando para que su familia no la viera en aquella situación.

—¡Leonie! —gritó su abuelo, en el porche—. Ah, hola, Luke. ¿Qué ha pasado?

—Se ha torcido un tobillo. ¿Podemos entrar, Leo? Tu nieta pesa mucho más de lo que parece.

Por supuesto, su abuelo y él se conocían. Se conocieron cuando Luke estaba investigando para escribir un guion sobre su vida. Leonie lo había olvidado por completo.

—Eres tú el que insiste en llevarme en brazos —replicó, irritada por el comentario.

—¿Dónde la dejo?

Como si fuera un saco de patatas, pensó ella, a punto de liarse a bofetadas.

—El resto de la familia está en el salón —contestó su abuelo, aparentemente perplejo.

Era una habitación muy grande, pero con veinte personas congregadas allí parecía diminuta. Y ella entrando en los brazos de Luke...

Aunque a él parecían importarle poco las miradas de curiosidad. Después de dejarla en el sofá... haciendo una mueca de cansancio que sacó a Leonie de quicio, se volvió para estrechar la mano de su abuelo.

—Encantado de volver a verte, Leo.

—Lo mismo digo —contestó su abuelo, que parecía muy sorprendido por la inesperada visita.

—Luke se ofreció amablemente a traerme porque no puedo conducir —explicó Leonie.

«Amablemente» no describía en absoluto su comportamiento, pero no pensaba contarle eso a su abuelo. Además, en cualquier caso, la había llevado allí, que era lo importante.

—Ah, estupendo.

—Mis padres no han llegado todavía, ¿verdad?

—Pues... no, no —contestó su abuelo, que no parecía salir de su asombro—. Me habías dicho que os conocíais, pero no pensaba...

—No te preocupes, Leo —sonrió Luke—. Te lo explicaré más tarde. Leonie y yo tenemos que cambiarnos de ropa antes de que lleguen los invitados de honor.

–Sí, claro. ¿Puedes subir la escalera, cariño?

–Solo si yo la llevo en brazos –contestó Luke antes de que ella pudiera hacerlo–. Y no me importa en absoluto.

Su familia no parecía capaz de contener la curiosidad ni un segundo más, de modo que Leonie se alegró de poder desaparecer un rato.

–Tienes que traer las maletas del coche.

–Hola, Leonie –la saludó su tío Tom.

–Hola, tío. Vuelvo enseguida.

–¿Quieres que me marche? –le preguntó Luke, en el pasillo–. Podría volver mañana a buscarte.

Aunque se sintió tentada de aceptar la oferta, le parecía una grosería echarlo de allí.

–No seas bobo. A menos que tú quieras marcharte, claro.

–La verdad es que me apetece charlar con tu abuelo. Pero no quiero que te encuentres incómoda.

–Me encuentro perfectamente –replicó Leonie–. Y mi habitación es la última del pasillo –le indicó cuando llegaron al segundo piso.

–Seguramente ahora mismo tu abuelo está preguntándose dónde va a ponerme a mí –sonrió Luke.

Ella apretó los labios. Era cierto, su abuelo debía estar preguntándose dónde iba a dormir su inesperado invitado.

–No te preocupes, encontraremos una habitación.

–No estoy preocupado –sonrió él, señalando la cama–. Es suficientemente grande para los dos.

Leonie se puso como un tomate.

–Eso si fuéramos...

–Amantes, claro.

–Aunque fuera así, a mi abuelo no le haría ninguna gracia que durmiéramos juntos.

–Créeme, Leonie, si tuviéramos que compartir esa cama no dormiríamos en absoluto.

Aquella conversación no era divertida en absoluto. Todo lo contrario.

–¿Te importa subir mi bolsa?

–No, claro que no. Y esconderé el coche –sonrió Luke, dejándola sobre la cama.

Leonie se alegró de poder estar sola un rato. No debería haber dejado que la llevase a Devonshire.

Porque sabía que aquel fin de semana con Luke Richmond iba a ser peor, mucho peor, de lo que había imaginado.

–No te pareces a ninguno de los dos –le dijo Luke más tarde.

–¿Perdona?

Sus padres habían llegado hacía media hora

y estaban charlando alegremente. Pensaban que iban a pasar el fin de semana con el abuelo y se habían llevado una tremenda sorpresa al ver a toda la familia reunida por su aniversario. Pero el hecho de que su madre hubiera llegado con su mejor vestido la hizo pensar que la sorpresa no era tal...

—Estaba diciendo que no te pareces a tus padres —repitió Luke—. Si no supiera que eres adoptada, seguramente lo habría adivinado.

Leonie lo miró, perpleja. ¿Cómo lo sabía?

Era adoptada, desde luego. Y no se parecía nada a sus padres. Su padre era moreno con los ojos azules, su madre una mujer bajita y pelirroja con los ojos oscuros. Pero...

—¿Cómo sabías que era adoptada?

—Estaba en tu libro. Leo Winston tiene un hijo y este, una hija adoptada, Leonora. Esa eres tú, ¿no?

Sí, era ella. Lo había olvidado por completo.

—Ya, claro.

—Por eso te hiciste historiadora, para ser como tu abuelo adoptivo.

Leonie lo miró sin decir nada.

—No te enfades conmigo. Venga, preséntame a tu familia.

El tobillo le dolía un poco menos después de tener el pie levantado durante un rato y su abuelo le había prestado un viejo bastón para que pudiese caminar por la casa.

–Sí, claro –murmuró, distraída.

Seguía pensando en el comentario de Luke sobre su adopción.

Sus padres descubrieron pronto que no podían tener hijos y la adoptaron cuando solo tenía unos meses. Pero eso era algo de lo que jamás hablaban porque su madre veía su incapacidad para tener hijos como un defecto, algo de lo que no se debía hablar.

Sin embargo, a Leonie le pareció deshonesto, cuando escribía la biografía de su abuelo, no mencionar el hecho de que era adoptada. Y que Luke hubiera adivinado el porqué de su elección profesional...

Pero no podía seguir pensando en ello porque tenía que presentarle a los miembros de su familia.

–Tía Trudie, te presento a Luke Richmond. Luke, mi tía abuela Trudie, la hermana de mi abuelo. Mi tío Eric, mi tío Tom... –sonrió, presentándole a su tío favorito.

–Cualquier amigo de Leonie es amigo mío –sonrió el hombre, estrechando la mano de Luke.

–Me temo que hasta este momento Leonie no me había contado nada sobre su familia, pero estoy encantado.

—¿Oigo campanas de boda? —bromeó su tía Trudie, una mujer de setenta y cinco años cuya principal ocupación era casar a los más jóvenes de la familia.

Y en aquel momento Leonie deseó que no la hubiera incluido en el lote.

—Luke es... un compañero de trabajo. Que se ha ofrecido a traerme a Devonshire porque no puedo conducir.

Él arrugó el ceño al oír lo de «compañero de trabajo». Pero debía conseguir que su tía Trudie dejara de especular sobre su relación o la casaría antes de que tuviera ocasión de protestar.

—Ha sido un detalle. Aunque yo no creo que te haya traído solo por amabilidad —sonrió su tía—. Después de todo, Devonshire no está a la vuelta de la esquina.

Lo último que necesitaba era ese tipo de broma.

—Perdonad un momento. Voy a ver si está lista la tarta —murmuró Leonie.

—Hola, cariño —sonrió su padre, tomándola por la cintura—. Qué buena idea lo de hacer una fiesta sorpresa.

—Fue idea del abuelo, papá.

—Eres un cielo, Leo —sonrió su madre, dándole un beso en la mejilla.

Un beso casi al aire, pero su madre se portaba así con todo el mundo.

Leonie había pensado muchas veces que la falta de cariño que su madre mostraba hacia ella se debía a que no era su hija biológica, pero con la madurez entendió que, simplemente, su madre no era una mujer emotiva. Lo cual, como Luke había adivinado, era una de las razones por las que ella buscaba cariño en su abuelo.

Cómo podía su padre soportar esa frialdad era algo que no entendería nunca. Pero su matrimonio había durado veintinueve años, de modo que debía ser feliz. O, al menos, no debía ser desgraciado.

—Deberíamos ir a hablar con Eric y Trudie, Richard —le recordó su madre—. Y con Tom, claro —añadió, con más frialdad de la necesaria.

Leonie vio cómo su padre la seguía obedientemente hacia el grupo, en el que también se encontraba Luke.

El tío Tom era su favorito, pero no lo era de su madre. Viudo recientemente, Tom disfrutaba en aquel momento de cierta libertad, después de muchos años cuidando de su esposa, una mujer inválida. Era una libertad que su madre no aprobaba en absoluto...

—Leonie...

—Abuelo...

—Tú primero —sonrió el hombre cuando empezaron a hablar a la vez.

Ella hizo una mueca. En realidad, no sabía qué quería decirle. Cuando era una niña siempre buscaba el apoyo de su abuelo, pero ya no lo era. Sin embargo, tras la conversación con Luke Richmond parecía necesitarlo de nuevo.

Leonie miró a Luke. Alto, seguro de sí mismo, aparentemente tranquilo hablando con su familia...

Entonces se quedó pálida.

¡No podía ser!

¡Debía estar imaginando cosas!

Pero no... la forma de la cabeza, la altura, el color de su pelo, incluso la sonrisa era la misma...

Leonie miró alrededor, pensando que todo el mundo veía lo que ella estaba viendo. Pero no era así.

¿Era ella la única que veía el parecido entre los dos hombres? ¿Nadie se daba cuenta de que eran tan parecidos que debían estar emparentados de alguna forma?

Pero si era así...

No, no podía ser. Sencillamente, no podía ser.

LEONIE, si no me dices qué te pasa voy a parar en el arcén y no arrancaré hasta que me lo cuentes. Aunque tengamos que dormir aquí –le advirtió Luke.

Leonie iba en silencio, pensativa, desde que salieron de casa de su abuelo.

Había sido el fin de semana más horroroso de toda su vida. Peor todavía porque había tenido que mantener una sonrisa en los labios hasta que se fueron el domingo por la tarde.

Había tantas cosas que necesitaba saber, tantas cosas que quería preguntar... pero la única persona que podría contestarlas no estaba allí.

Rachel.

Solo Rachel podría decirle lo que quería saber. Lo que casi estaba segura de saber.

¿Lo sabría Luke? ¿Se lo habría contado su madre? Si era así, debía ser tan buen actor como Rachel porque ni en un solo momento había demostrado saber que estaba en presencia de su padre.

Leonie no estaba segura del todo, pero a medida que el fin de semana progresaba sus sospechas se iban confirmando. El hecho de que nadie más hubiera notado el parecido físico la dejaba asombrada. Pero necesitaba desesperadamente hablar con Rachel antes de contárselo a nadie.

Especialmente a Luke.

—No me pasa nada. Es que me duele un poco el tobillo.

—¿Te ha dolido durante todo el fin de semana?

—Pues sí —suspiró ella—. Aunque tú pareces haberlo pasado estupendamente.

—Pensé que debía hacer un esfuerzo... porque tú estabas insufrible.

—¿Qué? Eso no es verdad. Mis padres me han dicho que lo han pasado muy bien.

—Tu abuelo, sin embargo, estaba muy preocupado por ti.

Eso seguramente era verdad. Después de ver el parecido entre los dos hombres, Leonie tuvo que escapar a la cocina para disimular la angustia.

Y tuvo que hacer uso de toda su fuerza de voluntad para volver al salón y fingir que lo estaba pasando bien. Pero, desgraciadamente, no había convencido a su abuelo.

–Así es la vida –suspiró.

–¿Qué quieres decir?

–Nada –contestó Leonie–. ¿Cuándo vuelve tu madre a Hampshire?

–No estábamos hablando de mi madre.

–Yo sí.

–Mañana, me parece –suspiró Luke–. Pero no veo qué...

–Mira, estoy cansada –lo interrumpió ella. Y era cierto. Apenas había pegado ojo en toda la noche, pensando en aquel descubrimiento y en lo que significaría si sus sospechas fueran correctas–. ¿Te importa si duermo un poco?

–Si insistes... pero creo que tenemos que hablar.

–Ahora no, Luke –murmuró Leonie, cerrando los ojos.

–Muy bien. Lo que tú digas, como siempre.

¿Como siempre? Eso sí que tenía gracia.

Lo miró, con los ojos entrecerrados. ¿Sabría la verdad? No había forma de estar segura sin contarle sus sospechas. Pero no pensaba hacerlo hasta que hubiera hablado con Rachel.

Y no sabía cómo iba a sacar el tema. No era algo que uno pudiera soltar así, tranquilamente, mientras tomaban el té: «Ah, por cierto, ¿fulano y tú fuisteis amantes hace treinta y ocho años?»

Estaban los diarios, por supuesto. Quizá,

como había sugerido Jeremy, debería buscar el
que escribió el año anterior al nacimiento de
Luke.

«Duérmete, Leonie», se dijo a sí misma. No
había nada que hacer hasta que hablase con
Rachel.

Y si estaba dormida no tendría que responder a las preguntas de Luke.

El teléfono estaba sonando cuando abrió la
puerta de su apartamento y tuvo que ir cojeando
a contestar mientras Luke entraba con las bolsas.

—¿Puedo hablar con el señor Richmond?
—preguntó una voz femenina.

Leonie arrugó el ceño. ¿Quién podía buscar
a Luke en su apartamento? ¿Quién sabía que
estaba allí?

—Un momento, por favor. Luke, parece que
es para ti.

—¿Para mí?

—Eso parece. Voy a llevar mis cosas a la habitación.

Qué cara, pensó. ¿Cómo se atrevía Luke a
dar su número de teléfono? A una mujer, además.

—¿Leonie? —Luke apareció en la puerta de
su dormitorio unos segundos después—. Tengo
que irme. Mi madre ha sufrido un desmayo y...

–Voy contigo –lo interrumpió ella, arrepintiéndose inmediatamente de sus anteriores pensamientos–. Y no discutas conmigo.

–Iba a darte las gracias –murmuró Luke.

–Ah, perdona. ¿Te han dicho qué ha pasado?

–La persona que ha llamado es la ayudante de Michael Harris. Por lo visto, mi madre está en su clínica privada, en Mayfair.

Michael Harris, el hombre que conoció en casa de Rachel... ¿era médico?

Eso explicaría muchas cosas. El hecho de que una urgencia lo hiciera llegar tarde a la cena, que hubiera tenido que marcharse pronto, que no tomase alcohol...

Y debía ser un especialista porque solo un especialista tiene una clínica privada.

Pero Luke parecía demasiado perturbado en aquel momento como para hacerle preguntas.

–Tranquilo –le dijo, apretando su mano–. Seguro que no es nada.

No sabía si era cierto, pero tenía que intentar animarlo.

–Parece que me han encontrado gracias a tu abuelo.

–¿Qué ha pasado, Luke? ¿A qué se ha debido el desmayo?

–No lo sé. Solo sé que mi madre está en una

clínica privada... ¡esa maldita mujer no ha querido contarme nada por teléfono!

No le sorprendía que estuviera tan afectado. Luke quería mucho a su madre, que era su único pariente en el mundo...

Aunque si sus sospechas se confirmaban...

Pero aquel no era momento para pensar en eso, sino para concentrarse en Rachel.

–Me alegro de que estés conmigo, Leonie –dijo él entonces.

–Yo también. La verdad es que le tengo mucho cariño a tu madre.

Era cierto. Como era cierto también que, además de sospechar sobre el parentesco con su familia, Leonie había descubierto el día anterior que estaba enamorada de Luke.

No sabía cuándo había pasado o cómo había pasado, pero estaba enamorada de él.

Tanto que la pálida emoción que sentía por Jeremy le parecía ridícula en aquel momento.

Aunque estar enamorada de Luke no significaba nada. Supuestamente, enamorarse debía ser un momento feliz, un momento glorioso de la vida, pero un amor no correspondido...

«No pienses en eso», se dijo a sí misma.

Michael Harris los recibió en el vestíbulo de la clínica, con un traje de chaqueta oscuro.

–Hola, Luke. Leonie...

–¿Cómo está mi madre?

–Estable, por el momento.

–¿Qué quiere decir eso? ¿Qué le ha pasado?

–Será mejor que ella misma te lo explique...

–Explícamelo tú –lo interrumpió Luke.

–Esto es algo confidencial entre paciente y médico...

–Estamos hablando de mi madre. ¡Y quiero saber qué le pasa!

Michael se volvió hacia Leonie, como esperando ayuda. Pero no sabía cómo podía ayudarlo. Además, si alguien de su familia hubiera sido ingresado urgentemente en una clínica, ella reaccionaría de la misma forma.

–Quizá sería mejor ir a ver a tu madre, ¿no crees? Puedes hablar con Michael más tarde.

–Sí, será lo mejor. Pero te advierto que le hemos puesto un calmante para el dolor, así que estará medio dormida. No deberías quedarte mucho rato.

–¿Un calmante para el dolor? ¿Qué le dolía? –le espetó Luke.

Michael no contestó. Se limitó a acompañarlos a la habitación.

–Rachel, tienes visita.

Rachel Richmond estaba tan guapa como siempre. Quizá un poco más pálida, pero tan atractiva como en todas sus películas.

–Luke... y Leonie –sonrió ella.

Los ojos de Leonie se llenaron de lágrimas. Aquella mujer a la que apenas conocía se había convertido en alguien muy importante en su vida.

–¿Qué ha pasado, Rachel? –le preguntó Luke, apretando su mano.

–Bueno, os dejo solos –dijo Michael–. Pero no os quedéis mucho tiempo –añadió, antes de cerrar la puerta.

–Quizá yo también debería esperar fuera...

–No, por favor –la interrumpió Rachel–. Quédate. Me alegro mucho de veros.

Al acercarse, Leonie vio que parecía muy cansada, como si hubiera perdido el entusiasmo por la vida. Y su mano era etérea, la piel casi transparente.

Entonces vio que Luke también estaba pálido, asustado al comprobar la fragilidad de su madre.

–¿Por qué no te sientas, Luke? –sugirió en voz baja.

–Sí, sentaos, por favor.

–Madre...

–Luke, siéntate –insistió Rachel.

–Muy bien. Usa todas las tácticas que quieras, pero no pienso irme de aquí sin que me cuentes qué ha pasado.

–De acuerdo –suspiró ella–. Empezó a dolerme el pecho y Michael sugirió que ingresara aquí durante unos días. Para hacerme unas pruebas, nada importante.

–¿Qué clase de pruebas?

–Ya sabes, lo de siempre. ¿Podrías llamar a Janet para...?

–¡Rachel! ¿Qué es lo que te pasa?

–Pues... me parece que he tenido un ligero ataque al corazón, cariño.

–¿Un ligero ataque...? –exclamó Luke, atónito–. ¿Te había pasado antes?

–No –contestó su madre, apretando la mano de Leonie.

¿Qué había querido decir? ¿Le estaba pidiendo ayuda? Al observar las gotas de sudor en su pálida frente, se dio cuenta de que aquel encuentro con su hijo era más agotador para ella de lo que quería demostrar.

–Luke, yo creo que deberíamos dejarla descansar... Michael dijo que no nos quedásemos mucho tiempo –le recordó, al ver su expresión ensombrecida.

–Muy bien, de acuerdo. Pero no creas que vas a salirte con la tuya. Pienso volver esta noche...

–Si Michael te deja –lo interrumpió su madre.

–Volveré. Y cuando vuelva espero una explicación.

Rachel sonrió.

–Ya me lo imagino. ¿Lo habéis pasado bien este fin de semana?

Leonie apretó su mano sin darse cuenta y Rachel la miró con una expresión difícil de descifrar.

Pero había algo claro; en aquella situación, tardaría algún tiempo en poder preguntarle si sus sospechas eran acertadas.

–Lo hemos pasado estupendamente –contestó, intentando sonreír–. Y espero que te pongas bien enseguida.

–Claro que me pondré bien. Nos veremos después, cariño –dijo ella, tocando la mejilla de Luke–. Y no molestes mucho a Michael, ¿eh?

–No creo que sea molestia preguntarle cómo está mi madre.

–¿Leonie? –la llamó Rachel cuando salían de la habitación.

–¿Sí?

–¿Puedes quedarte un momento?

–Sí, claro. Saldré enseguida, Luke.

Él miró de una a otra, sin entender. Pero salió de la habitación sin discutir y cerró la puerta.

–¿Ha pasado algo este fin de semana?

–¿A Luke? No...

–Ah, entonces ha pasado algo.

–Sí, ha pasado algo –suspiró Leonie.

Rachel, a pesar de estar enferma, era demasiado lista como para no adivinarlo.

—Lo sabes, ¿verdad?

Ella tragó saliva.

—Lo sé.

—Y quieres que hablemos de ello –murmuró Rachel.

—Ahora no es el momento.

—Si he esperado treinta y ocho años, supongo que puedo esperar un poco más –suspiró ella–. Ven a verme mañana, ¿de acuerdo?

—No hay prisa, de verdad.

—Me temo que sí hay prisa –dijo Rachel entonces, con los ojos llenos de lágrimas.

Leonie sintió un peso en el corazón. Había entendido el mensaje.

—Volveré mañana. Sola.

—Me alegro. Y no te preocupes, de verdad. Las cosas nunca son solo blancas o negras.

Leonie no estaba tan segura. Lo que había leído en el rostro de Rachel...

—¿Qué te ha dicho mi madre? –le preguntó Luke, en el pasillo.

—Me ha pedido que llame a Janet para que traiga sus cosas. Ya sabes, ropa interior... –improvisó ella–. Creo que le ha parecido más conveniente decírmelo a mí.

—Ya, claro –murmuró Luke–. Vamos a buscar a Michael.

—Si prefieres hablar a solas...

—Quédate conmigo.

Leonie se dio cuenta de que estaba muy asustado. Era lógico, también ella lo estaría.

—De acuerdo.

Luke le pasó un brazo por los hombros, no tanto para ayudarla a caminar como para buscar consuelo.

Y si lo que había leído en los ojos de Rachel unos minutos antes era cierto, tenía razón para estar asustado.

MUCHAS gracias –sonrió Luke, cuando Leonie le puso delante una ensalada y una tortilla francesa.

Como no iba a estar en casa el fin de semana, no tenía muchas cosas en la nevera, de modo que eso era todo lo que podía ofrecerle antes de que volviese a la clínica para estar con su madre.

Aunque el pobre apenas comió nada. Estaba demasiado preocupado.

Leonie había insistido en esperar en el coche mientras él hablaba con Michael y, aparte de unos cuantos comentarios del tipo: «Michael insiste en que ha sido un ataque al corazón de carácter leve», no tenía ni idea de qué habían hablado los dos hombres.

Pero al recordar la mirada de Rachel en la habitación, pensó que Michael no le había contado toda la verdad.

–Lo siento. Me temo que esta noche no soy buena compañía –se disculpó Luke entonces.

—Nadie espera que lo seas —sonrió Leonie.

Él dejó el tenedor sobre el plato, suspirando.

—Supongo que uno espera que los padres vivan para siempre... hasta que ocurre algo así. Y te das cuenta entonces de que no es verdad.

Debía ser peor para Luke; al fin y al cabo, él solo tenía a su madre.

Hasta aquel momento.

¿Era por eso por lo que Rachel quería hablar con ella?, se preguntó Leonie.

—Rachel es una mujer muy fuerte, Luke. Saldrá de esta, ya lo verás —intentó consolarlo.

Esperaba que fuese cierto. Pero su mirada suplicante la hacía preguntarse muchas cosas.

—Eso espero. Oye, he estado pensando en lo que ha pasado este fin de semana...

—¿Qué ha pasado? —preguntó ella rápidamente.

—Quizá no he tenido mucho tacto. No debería haber mencionado lo de tu adopción y...

—Ah, eso. No pasa nada. Es que siempre ha sido un tema tabú en mi familia... y mi madre se puso furiosa cuando lo vio en la biografía del abuelo. Me sorprendió que lo supieras, eso es todo.

Había pensado que se refería a otra cosa. A eso de lo que no podía hablar. Todavía.

—Pero desde entonces pareces enfadada conmigo. No tenía derecho...

–Ya te he dicho que no tiene importancia.

Luke parecía otro hombre, tan diferente del que ella conocía que casi... casi deseaba que volviera el Luke arrogante e insoportable. Aunque, con su madre enferma en el hospital, dudaba que eso pudiera ocurrir.

–Leonie...

Luke no pudo terminar la frase porque en ese momento sonó el timbre.

No sabía quién podía aparecer en su casa un domingo a las nueve de la noche, pero le alegró la interrupción. Había demasiadas cosas que no sabía... y que Luke no sabía tampoco. Y la tensión era insoportable.

–Seguro que quieren venderme algo.

–¿Un domingo por la noche?

–Un momento ideal para encontrar a la gente en casa –sonrió ella, levantándose.

–Hola, Leonie.

–¡Jeremy!

–Estaba preocupado por ti. Por el tobillo –dijo él, muy sonriente–. ¿Quieres que venga a buscarte mañana para ir a trabajar?

Durante las últimas horas, Leonie apenas había pensado en su tobillo... al ver a Rachel en el hospital le parecía completamente irrelevante. ¡En lo que no podía dejar de pensar era en Luke, que estaba en el salón!

–Podrías haberme llamado por teléfono

–dijo entonces, nerviosa–. Pero seguro que mañana ya podré conducir –añadió, intentando no parecer grosera.

–La verdad es que pareces estar mucho mejor.

–Sí, así es. Ahora mismo iba a darme un baño.

–Me parece muy buena idea.

En cualquier momento Luke saldría del salón y los dos hombres se verían frente a frente...

¡Demasiado tarde! Luke acababa de aparecer a su lado.

–¿Algún problema, Leonie? –preguntó, mirando a Jeremy con evidente desagrado.

Y Jeremy lo miraba, atónito.

Leonie solo podía hacer una cosa. Dos, en realidad, pero salir corriendo no le parecía muy adecuado en aquellas circunstancias.

–Jeremy, te presento a Luke Richmond. Luke, Jeremy Burnley.

No dio más información. Sobre todo porque empezaba a temer que ninguno de los dos siguiera en su vida a partir de aquel momento.

Supuestamente, Jeremy había sido algo parecido a su novio, pero ya no lo era. Aunque aún no se lo había dicho. Luke era el hijo de Rachel Richmond... pero no era solo eso.

Los dos hombres se dieron la mano, mirándose como se mirarían dos machos en la selva.

–Si no quieres nada más, Jeremy...

–Richmond. ¿El hijo de Rachel Richmond?

–Sí. ¿Por qué?

–No, por nada. Leonie me ha dicho que está escribiendo la biografía de tu madre.

–¿Ah, sí?

Luke la fulminó con la mirada.

–Solo sabe que la estoy escribiendo –intentó defenderse ella, nerviosa.

Pero no valió de nada. Luke pensaba que le había mentido el día anterior, cuando le dijo que Jeremy no conocía los detalles de la biografía. Seguramente pensaba que se lo había contado todo... Incluso podría creer que le había dejado leer los diarios.

–Si no os importa, tengo que volver al hospital. Ahora mismo.

Leonie apretó los labios. Sería imposible razonar con él en aquel momento. Además, con Jeremy allí era absurdo intentarlo siquiera.

–Yo hablaré con Janet sobre las cosas de mi madre, no hace falta que lo hagas tú. Adiós, Burnley –se despidió Luke, bajando los escalones de dos en dos.

Leonie se volvió hacia Jeremy, furiosa. No sabía qué iba a pasar entre Luke y ella, pero no había pensado que se separarían de esa forma tan horrible.

–¡Muchas gracias! Ahora Luke cree que

ando discutiendo la vida privada de su madre con todo el mundo.

—¿Yo soy todo el mundo? Ah, muchísimas gracias. Y, ¿qué hacía Luke Richmond aquí?

—Su madre está en el hospital —suspiró Leonie.

—Vaya, qué pena.

—Luke está muy disgustado.

—Naturalmente. Pero eso no explica qué hacía en tu apartamento —insistió Jeremy.

—Perdona, pero no tienes derecho a cuestionar mis amistades —le espetó ella entonces.

—¿No lo tengo?

—Claro que no. Yo no te pregunto si sales con alguien a comer o si ves a otra persona cuando yo no estoy en Londres, ¿no?

¿Qué pensaría Luke de ella? Otra explicación que dar, pensó, angustiada.

—Supongo que no, claro —suspiró Jeremy—. Leonie, ¿debo entender que Richmond y tú estáis saliendo juntos?

—¡No! Quiero decir, sí. ¡No lo sé!

Le daba igual. Ya todo le daba igual. Luke se había ido enfadado y no estaba de humor para darle explicaciones a Jeremy.

—¿No lo sabes? Ah, ya entiendo —dijo él entonces—. Yo pensé que nosotros... que nuestra amistad significaba algo para ti. Para los dos.

–Y así es. Pero es que...

–Richmond es mucho mejor partido que yo, ¿no? Yo solo soy un profesor de universidad, no un guionista con varios Oscar. No soy el hijo de una famosa estrella de cine.

–¿Cómo puedes decir eso?

–¿Cómo puedo decirlo? –repitió Jeremy, irónico–. ¡Yo no soy el que está haciendo el ridículo, Leonie! ¿No te das cuenta de que no tienes ningún futuro con ese hombre? Una vez que consiga lo que quiere, sencillamente te descartará y...

–Vete de aquí, Jeremy –dijo Leonie entonces, muy pálida–. Vete ahora mismo. Antes de que digas algo que...

–¿Que pueda lamentar? ¿O que lamentes tú? –la retó él–. Los hombres como Luke Richmond solo juegan con las mujeres...

–¡Ya está bien! Jeremy, intentemos al menos ser amigos, ¿de acuerdo?

Él la miró con frialdad.

–No creo que eso sea posible –dijo antes de darse la vuelta.

Pero, al contrario que cuando Luke se marchó, Leonic solo sintió alivio al verlo desaparecer.

Entonces volvió al salón, donde seguían estando los platos de la cena que estaban compartiendo.

¿Se habría ido solo de su apartamento... o de su vida?

–Leonie ¿has visto los periódicos? –le preguntó su abuelo por teléfono a la mañana siguiente.

Leonie se pasó una mano por el pelo, intentando despertarse. Pero estaba medio dormida y no entendía nada.

–¿Qué hora es? –murmuró, intentando encontrar el despertador–. Abuelo, son las siete y media de la mañana –protestó entonces, incrédula.

–Y algunos llevamos más de una hora despiertos –dijo él, impaciente–. ¡Y hemos leído el periódico!

–A mí no me traen el periódico a casa. Suelo comprarlo cuando voy a trabajar –suspiró ella, restregándose los ojos.

Pero le pesaban terriblemente los párpados. Apenas había dormido un par de horas porque estuvo dando vueltas en la cama, pensando en lo que había pasado con Luke... Y aquella llamada de su abuelo no calmaba su nerviosismo en absoluto.

–Leonie, ¿por qué no me habías dicho que estabas escribiendo la biografía de Rachel Richmond?

—¿Qué? —aquello la despertó completamente—. ¿Cómo lo sabes?

—Igual que todo el mundo, por el periódico. Como sabes, compro dos periódicos, *The Times*, por las noticias y los crucigramas y un periódico menos serio, más dedicado a la crónica social. La enfermedad de Rachel y el hecho de que tú estás escribiendo su biografía está en la portada del segundo.

Leonie cerró los ojos, intentando controlar una náusea. ¿Cómo era posible...?

¡Jeremy!

Solo había una explicación. Solo Luke, Rachel y ella sabían que estaba escribiendo la biografía, de modo que tenía que haber sido él.

Algo que Luke sacaría en conclusión en cuanto leyera el periódico.

Jeremy debía haber querido vengarse y lo primero que hizo al salir de su apartamento fue llamar a los periódicos.

—¿Por qué no me habías contado lo de la biografía, cariño? —insistió su abuelo.

Leonie intentaba encontrar la forma de explicárselo a Luke... si volvía a verlo. Evidentemente, fue ella quien le había contado a Jeremy lo de la biografía... ¡y que Rachel estaba en el hospital! De modo que ella era la responsable, le gustase o no.

Luke se pondría furioso. Más que furioso.

–¿Leonie?

–No te lo dije porque Rachel me pidió que no lo contase. Además, no sabía que eso podría interesarte tanto.

Su abuelo se quedó en silencio durante unos segundos.

–¿Y ahora lo sabes?

–Creo que sí –confirmó Leonie, recordando la sorpresa de su abuelo al ver a Luke en Devonshire. Entonces pensó que le había sorprendido no verla con Jeremy, pero...

–Ya veo. En la fiesta, el sábado por la noche, ¿no?

–Así es.

¿Qué otra cosa iba a decir? Su abuelo se había dado cuenta.

–Sabía que debería haberte preguntado por tu amistad con Luke, pero...

–Ya no hace falta, abuelo. Luke nunca me perdonará que el asunto haya salido en los periódicos.

–Tú no has dado la noticia, ¿verdad?

–Claro que no. Pero me temo que lo ha hecho un amigo mío –suspiró Leonie.

–Un hombre resentido, supongo.

–Algo así. Pero no quiero hablar ahora de eso. Tengo que buscar a Luke y explicarle...

–Creo que tú y yo tenemos que hablar, cariño –la interrumpió su abuelo.

—Ahora no puedo, de verdad.

Si no podía encontrar a Luke, al menos podría explicarle a Rachel lo que había pasado. Además, Rachel y ella tenían que hablar de todas formas...

—Si hemos esperado tanto tiempo, supongo que podemos esperar un poco más.

—Abuelo, yo...

No, no podía contarle lo de Rachel.

¿Para qué, después de tantos años? Además, seguía sin saber si sus sospechas sobre la salud de Rachel Richmond eran correctas. Hasta que estuviera segura, sería mejor no decirle nada a nadie.

Suficiente estropicio había causado ya Jeremy.

—Te llamaré más tarde, ¿de acuerdo? —preguntó, sentándose en la cama.

Afortunadamente, le dolía mucho menos el tobillo. Pero hinchado o no, pensaba levantarse y conducir. Llamaría a la universidad para decir que estaba enferma e iría a la clínica a ver a Rachel.

Su abuelo dejó escapar un largo suspiro.

—Intenta no pensar muy mal de mí hasta que hayamos hablado, ¿me lo prometes?

—Claro que sí.

—Las cosas no suelen ser lo que parecen.

—Lo que me preocupa ahora mismo es Luke, abuelo.

—Sí, entiendo. Lo he visto poco, pero debo decir que me parece un chico... estupendo.

Para Leonie era mucho más que eso.

Pero estaba tan furioso con ella por lo que consideraba una traición... ¿cómo se pondría cuando viera los periódicos?

Capítulo 13

HAS ADIVINADO que me estoy muriendo, ¿verdad, Leonie?

No había amargura en la voz de Rachel, sencillamente estaba contando algo que era un hecho.

Pero a Leonie, aunque lo sospechaba desde el día anterior, se le hizo un nudo en la garganta.

¿Rachel estaba muriéndose?

No podía ser cierto. Era imposible.

Había llamado a Luke antes de salir de casa, pero la siempre eficiente Janet le dijo que no estaba allí. Imaginaba que sería así, pero no sabía dónde llamarlo. No tenía el número de su apartamento y dudaba que Janet se lo diera, de modo que no se molestó en pedirlo.

Rachel estaba sola cuando llegó a la clínica poco después de las diez y pareció alegrarse de verla.

Parecía estar mucho mejor, el maquillaje en su sitio, el cabello rubio peinado a la perfección... Leonie simplemente no podía creer que estuviera muriéndose.

–Me temo que es cierto –suspiró ella entonces–. Michael, pobrecito mío, tuvo la desgracia de confirmármelo hace unos meses.

–Pero si pareces estar mucho mejor...

–Ah, este pequeño ataque al corazón no ha sido nada. Lo que tengo es un cáncer que no se puede operar, Leonie. Yo quería ver a Luke casado, tener un nieto en las rodillas antes de... pero me temo que no podrá ser.

Leonie parpadeó para contener las lágrimas.

–¿Cómo...? ¿Cuándo...?

–Me queda un año, con un poco de suerte –contestó Rachel antes de que Leonie formulara la pregunta–. Por favor, no te disgustes. He tenido una vida simplemente maravillosa. He hecho lo que he querido. He viajado, he sido una estrella aclamada por multitudes, he tenido un hijo –su voz se rompió entonces–. Esa es mi única pena. Cuando me haya ido...

–Por favor, no –la interrumpió Leonie, apretando su mano.

–Tengo setenta y cinco años y he vivido cinco más de los que debería. Mi única pena es Luke... debido a las circunstancias se quedará completamente solo cuando yo me vaya. Y eso me entristece tanto...

Leonie tomó entonces una decisión.

–Pero las dos sabemos que eso no es cierto, ¿no?

Rachel volvió la cara para mirarla, sonriendo.

–¿Lo sabemos?

–Su padre...

–Cuando hablé con Luke anoche apenas me contó nada sobre el fin de semana en Devonshire. ¿Se conocieron? –le preguntó ella entonces–. ¿Hablaron?

–Sí, claro. Por eso me elegiste para escribir tu biografía, ¿no? Dime una cosa, ¿de verdad pensabas publicarla?

Rachel sonrió.

–No. Nunca le haría eso a mi hijo.

Leonie lo había imaginado. La noche anterior, dando vueltas y vueltas en la cama. Pero al ver a Luke con su padre, creyó entenderla un poco. Por supuesto, entonces no intuyó que había querido que Luke conociera a su padre porque sabía que se estaba muriendo...

–¿Luke lo sabe?

–Sabe quién es su padre, por supuesto.

–¿Lo sabe? –repitió Leonie, incrédula.

–Se lo dije hace años. Te conté que se fue de casa, ¿no? Quc había pasado algún tiempo muriéndose de hambre.

–Ah, sí, me acuerdo. Pero no se murió de hambre –sonrió Leonie.

–No, claro –dijo Rachel, orgullosa–. Tiene

mucho talento. No, cuando mi hijo tenía veinticinco años me preguntó quién era su padre y
yo se lo dije, por supuesto. Había decidido
años atrás que lo haría... solo si él me preguntaba.

—¿Por eso se fue de casa?

—Por eso. Pasó aquellos dos años intentando
averiguar quién era. Y cuando volvió me dijo
que era mi hijo, que eso era lo único importante —dijo Rachel entonces, con los ojos llenos de lágrimas.

Leonie también tenía que contener las lágrimas. Pobre Luke. Y pobre Rachel. Pero si
Luke sabía quién era su padre...

No tendría que quedarse solo en el mundo tras
la muerte de Rachel. No se conocían, pero eso no
cambiaba el hecho de que eran padre e hijo.

Rachel dejó escapar un suspiro.

—Luke tiene una familia, Leonie. Tu familia.
No he pedido nada para mí durante todos estos
años, pero en lo que se refiere a mi hijo... Haría cualquier cosa por él.

—Lo sé. Pero, ¿estás segura de que Luke
quiere saber algo de su familia?

Si Rachel le había contado quién era su padre, entonces el sábado sabía que estaba en su
presencia. Pero no lo había demostrado en absoluto. No mostró emoción alguna. Ella solo
lo adivinó por el enorme parecido físico.

—Le gustó mucho Leo cuando lo conoció el año pasado. Y también le gustas mucho tú.

—Quizá le gustaba, pero me temo que ahora... Rachel, los periódicos...

—Ah, los he visto.

—¿Los has visto? —repitió Leonie, atónita.

—Luke vino a verme a las ocho de la mañana. Estaba un poco enfadado —admitió Rachel.

¿Un poco? Leonie imaginaba que estaría echando chispas. Y, como ella, no habría tardado nada en averiguar quién era el chivato.

Pero al menos no había tenido que enfrentarse con él. Su peor pesadilla era encontrárselo en la habitación.

—Ya me lo imagino. A eso me refiero, Rachel. A Luke le cae bien mi abuelo y parecía cómodo en la fiesta del otro día, pero sé que me hará responsable por lo que ha salido publicado en los periódicos...

—En absoluto —la interrumpió ella—. Parecía saber perfectamente quién era el culpable.

Como imaginaba, Luke sabía que era Jeremy.

—¿Y dónde está ahora?

—No me ha dicho dónde iba. Solo que volvería por la tarde. Pero no te preocupes, no creo que le haga daño a tu novio.

—Ya no es mi novio —dijo Leonie.

Y no estaba preocupada por Jeremy. Más bien por Luke... pero no porque dudase de su fuerza, sino porque no le parecía adecuado que fuese a ver a su madre después de una pelea.

–Mi madre me dijo algo muy interesante sobre los hombres cuando yo tenía quince años –dijo Rachel entonces, pensativa–. Me dijo que los hombres altos son siempre amables y simpáticos porque no tienen nada que probar, pero que los hombres bajitos suelen ser rencorosos si se sienten inadecuados o amenazados... algo que suele pasarles a menudo. Es una regla de oro que he comprobado muchas veces durante mi vida.

Leonie la miró, incrédula. Luke había hablado de Jeremy con su madre...

–Yo creo que Jeremy no es bajito. Mide un metro setenta y ocho.

–Pero Luke mide casi un metro noventa, así que se considera muy alto –rio Rachel–. Imagínate, Leonie, no tendrás que volver a ponerte zapatos planos ahora que no sales con él.

–La última vez que me puse tacones me caí al suelo –sonrió ella.

–Pronto te acostumbrarás. Solo hace falta un poco de práctica y...

–¿Rachel?

Leonie se quedó helada al oír una voz muy familiar desde la puerta. Era una voz que conocía bien, una voz trémula en aquel momento. Rachel volvió la cara, sorprendida.

Pero ella no lo estaba. Le parecía lo más lógico. No sabía cómo había llegado hasta allí o cómo se había enterado de en qué clínica estaba, pero le pareció muy normal que hubiera ido a visitarla.

–¿Tom?

Su tío favorito.

Pero, sobre todo, el padre de Luke.

¿Sería por eso por lo que, inconscientemente, siempre había sido su tío favorito? ¿O se habría enamorado de Luke porque intuyó esa conexión familiar? Leonie no conocía la respuesta, pero le daba igual.

Seguía sin saber cómo dos personas tan diferentes como su tío y Rachel Richmond se habían conocido, pero en cuanto los vio juntos supo que Luke y Tom tenían que ser parientes.

Los dos eran altos, de pelo oscuro, con las mismas facciones patricias, la misma sonrisa.

–No has cambiado nada, Rachel –dijo su tío entonces.

–¡Eres tú, Tom! –los ojos de ella estaban llenos de lágrimas.

–Yo... os dejo solos –murmuró Leonie, incómoda.

La respuesta a la llegada de su tío Tom estaba en el pasillo. Su abuelo. Debía haberlo llevado desde Devonshire en cuanto habló con ella por teléfono.

Tom solo parecía tener ojos para Rachel y Rachel para él.

Ya era hora de que aquel viejo asunto se resolviera, pensó Leonie. De una forma o de otra.

Pero precisamente entonces Luke apareció en el pasillo y la fulminó con la mirada.

A saber lo que diría cuando descubriese a Tom en la habitación de su madre.

Tom, su padre, estaba con Rachel. Por fin.

Capítulo 14

LUKE!

Su abuelo se colocó ante la puerta de la habitación al ver la mirada horrorizada de Leonie.

–Hola, Leo –lo saludó Luke, estrechando su mano–. Hola, Leonie.

No parecía haberse peleado con nadie, pensó ella, aliviada. No tenía rasguños ni cardenales. Aunque su expresión era muy seria.

–Hola, Luke –sonrió ella, tomando a su abuelo del brazo–. Le estaba diciendo a mi abuelo que deberíamos ir a tomar un café. ¿Quieres venir con nosotros?

–Tengo que ver a mi madre...

–Está descansando –lo interrumpió Leonie. Tom y ella necesitaban estar solos en aquel momento–. Creo que esta mañana ha tenido demasiadas visitas.

Luke la fulminó con la mirada.

–¿Y de quién es la culpa?

Ella se puso colorada.

–Ya le he explicado la situación a tu madre...

–Y yo le he «explicado» a Burnley que si vuelve a hacer algo parecido otra vez tendrá que responder con su vida.

Leonie apartó la mirada.

–No lo hará –dijo en voz baja.

–¿Qué tal ese café? –intervino su abuelo para romper la tensión.

–Quizá debería entrar un momento para decirle a Rachel...

–¡No!

–¡No!

–Está durmiendo –dijo Leonie, intentando disimular.

Pero el abuelo y ella habían exclamado aquel «¡No!» sospechosamente al unísono.

Luke miró de uno a otro.

–¿Quién está con ella?

Debería haber imaginado que no iba a rendirse tan fácilmente. Además, tampoco ellos eran precisamente buenos actores.

–¿Quién crees que está con ella, Luke? –preguntó su abuelo.

Él lo miró durante unos segundos interminables.

Leonie contenía el aliento. ¿Qué haría cuando supiera que su padre estaba hablando con su madre? ¿Entraría como una tromba en la habitación, exigiendo que Tom saliera inmediatamente de allí? ¿O entraría tranquilamente para ver qué tenían que decirse el uno al otro?

Al recordar la expresión de Rachel y Tom, Leonie pensó que no debería hacer ninguna de las dos cosas.

Entonces Luke se encogió de hombros.

—¿Dónde vamos a tomar ese café? —preguntó. Ella lo miró, atónita—. Cierra la boca, Leonie. No soy una piedra.

—Yo nunca he dicho eso.

—¿No?

—¡No!

—En el vestíbulo hay una cafetería —intervino su abuelo—. Y tengo la impresión de que no son solo Tom y Rachel los que necesitan hablar.

Pero se equivocaba. Luke y ella no tenían nada que hablar.

—¿Qué le has hecho a Jeremy? —le preguntó, cuando estuvieron sentados en la cafetería.

Luke le regaló una de sus miradas glaciales.

—¿Temes que le haya estropeado esa carita de niño bueno?

—Oye...

—Luke, esta conversación es absolutamente improductiva —los interrumpió su abuelo.

—Es posible. Pero hace que me sienta un poco mejor.

–¿Durante cuánto tiempo?

Luke dejó escapar un suspiro.

–Tienes razón. Te pido disculpas por ese comentario, Leonie.

–Disculpas aceptadas.

–Burnley me ha dicho que ya no sois... amigos. ¿Es cierto?

Ella tragó saliva.

–¿Por qué crees que llamó a los periódicos para contarles lo de tu madre?

–Rachel tiene una teoría sobre eso...

–Sí, ya me la ha contado.

–¿Ah, sí? ¿Por qué crees tú que Burnley hizo lo que hizo?

–Por celos –contestó Leonie.

Inmediatamente, se arrepintió. Solo había un hombre del que Jeremy pudiera estar celoso.

–Quizá debería dejaros solos... –empezó a decir su abuelo.

–¡No! –exclamó Leonie.

–Creo que tu nieta y yo tendremos que buscar un momento mejor para hablar. Ahora mismo me gustaría que me diera una explicación para lo que está pasando ahí –dijo Luke, señalando hacia la habitación de su madre.

Ella se pasó la lengua por los labios, nerviosa.

–Yo sabía que Tom era tu padre.

–¿Y sabes que él no lo sabe?

–Lo sabe –intervino Leo Winston–. Después del sábado por la noche, consideré que era mi obligación decirle la verdad. De modo que esta mañana, después de leer en el periódico que Rachel estaba enferma, lo llamé por teléfono. Tom y yo hablamos durante mucho rato antes de venir aquí. Y sigo pensando que he hecho lo que tenía que hacer.

Leonie estaba perpleja. ¿Después de tantos años, Tom no sabía que Luke era su hijo?

Pero eso explicaba muchas cosas.

Por ejemplo, por qué su tío Tom, su tío favorito y una persona maravillosa, había abandonado a Rachel y a su hijo. Y por qué no mostró emoción alguna al ver a Luke en la fiesta, el sábado.

Por increíble que pareciera, sencillamente ignoraba que tuviese un hijo.

–¿Pero cómo...? No entiendo, abuelo.

–Tom estaba casado cuando mi madre quedó embarazada, Leonie.

–Con mi hermana Sally –suspiró su abuelo–. Sally sufrió un terrible accidente de coche. Estuvo ingresada en el hospital durante varios meses, con una lesión en la columna vertebral. Quedó paralítica, como sabes. Después de eso cambió mucho. Lamento decirlo porque era mi hermana, pero se volvió resentida, dura, especialmente con Tom. Por estas cosas de la vida, yo trabajaba entonces en el guion de *Querida zarina*...

—Eso no estaba en tu biografía —lo interrumpió Leonie.

—No, es verdad —asintió su abuelo—. Pensé que cuanta menos gente conociera esa conexión, mejor. Tom fue a verme al rodaje un día. Estaba desesperado por el deterioro de su vida con Sally. Su matrimonio era un desastre y sencillamente, no sabía qué hacer. Fue ese día cuando conoció a Rachel. Yo creo que fue amor a primera vista.

Leonie entendía bien aquello. Pero pensó que era mejor no decir nada.

—Sigue, abuelo.

—Intentaron luchar contra esa atracción, por supuesto. Ninguno de los dos es el tipo de persona que le haría daño a otra deliberadamente. Pero la atracción era irresistible para los dos. Yo conocía la relación, por supuesto. Habría que estar ciego para no ver lo que estaba pasando. Pero también sabía que Tom había hecho todo lo posible para que su matrimonio funcionara, que incluso soportaba el odio de Sally —suspiró Leo Winston—. No sé qué pasó exactamente... si Sally lo adivinó, si alguien se lo contó... el caso es que unos meses más tarde mi hermana pareció cambiar por completo su actitud hacia Tom. Le dijo que se había portado muy mal con él, que quería intentarlo de nuevo. Le pidió una segunda oportunidad.

—Y Tom, que era un hombre de honor, a pesar de estar enamorado de otra mujer, supo que debía darle otra oportunidad a su esposa —intervino Luke.

—Así es —suspiró su abuelo—. Por mucho que amase a Rachel, le resultó imposible pedir el divorcio. Sally lo había perdido todo... no podía caminar, no podía hacer las cosas por sí misma, había perdido la oportunidad de tener hijos... De modo que aceptó la reconciliación. Fue un acuerdo que aceptó ignorando por completo que Rachel estaba embarazada.

Luke asintió.

—Mi madre me dijo que no le pareció justo decírselo en aquel momento. Que no quería presionarlo.

—¡Pero estaba esperando un hijo suyo! —exclamó Leonie—. Estaba embarazada de ti.

—¿Tú crees que habrían podido ser felices sabiendo que habían destrozado la vida de una inválida? Una mujer que nunca podría tener el hijo que Rachel iba a tener. ¿Para qué iba a decirle a Tom que estaba embarazada, para hacerlo sufrir?

Leonie recordó los últimos años de su tía. Tom y ella parecían muy amigos. Quizá no estaban enamorados, pero sentían un gran afecto el uno por el otro. Seguramente no era un ideal de matrimonio, pero Tom y Sally parecían felices.

—¿Y cuando tú naciste a Tom no se le ocurrió pensar que...?

—Yo creo que jamás se le ocurrió —dijo su abuelo—. Cuando rompieron, acordaron no volver a verse jamás, no volver a escribirse ni a ponerse en contacto. Tom estuvo hecho polvo durante el primer año. Yo creo que ni siquiera se enteró de que Rachel Richmond había tenido un hijo.

—Pero tú sí, abuelo.

—Rachel me hizo prometer que no se lo diría nunca. Es una promesa que he cumplido hasta esta mañana.

—Y ahora lo sabe —murmuró Luke—. ¿Cómo se lo ha tomado?

¿Era su imaginación o había ansiedad en la voz del hombre?

Su abuelo sonrió.

—Como se tomaría cualquier hombre la noticia de que tiene un hijo. Al principio, se quedó atónito, pero enseguida me di cuenta de lo orgulloso, lo feliz que se sentía. Es un buen hombre, Luke. Uno de los mejores que he conocido en mi vida.

—Siempre he sabido que si mi madre se enamoró de él, tenía que serlo –sonrió Luke–. ¿Tú crees que Rachel y él...?

–¿Quién sabe? Han pasado casi cuarenta años y ahora son dos personas diferentes. Pero cosas más raras han ocurrido. ¿Te importaría?

Luke hizo una mueca.

–Me temo que mi opinión es irrelevante. Además, hay cosas más importantes que eso.

Leonie vio que estaba muy pálido.

–¿Luke?

–Se está muriendo, Leonie. Michael me lo contó anoche... ¡Rachel se está muriendo! –exclamó, enterrando la cara entre las manos.

Leonie lo abrazó sin dudar un segundo. Le dolía tanto como a él.

–Lo sé, Luke. Lo sé –murmuró, acariciando su pelo.

Apenas se dio cuenta de que su abuelo se levantaba de la silla para dejarlos en la solitaria cafetería.

–Te quiero, Leonie –dijo Luke entonces, apretándola contra su corazón–. He intentado luchar contra ello, pero te quiero con toda mi alma.

Ella se sintió abrumada por aquella admisión y supo que debía decirle la verdad.

–Yo también te quiero.

Luke levantó la cara, los ojos aún llenos de lágrimas.

–¿Aunque te he dado mil razones para no hacerlo?

–Debo admitir que no me lo has puesto fácil –sonrió ella.

–Imaginé lo que Rachel pretendía con la biografía, supuse que era otro intento de acercarme a mi familia. Intentó hacerlo antes, cuando me convenció para que visitase a tu abuelo con objeto de escribir un guion sobre su vida –suspiró Luke–. Pero en cuanto supe quién era, me aparté. Lo creas o no, intentaba proteger a tu familia. Por eso quería convencerte de que no debías escribir la biografía.

Leonie lo creyó. Entendía muy bien lo que Rachel había intentado hacer. Y también entendía que Luke, sin conocer la enfermedad terminal de su madre, intentaría evitarlo a toda costa. Por eso fue tan insoportable.

–Incluso quité las fotos de Tom del álbum antes de dártelo. No sabía qué otra cosa podía hacer.

Leonie sonrió.

–Pero yo me enamoré de ti de todas formas.

–Debo admitir que cuando un amigo mío periodista me contó quién era el que había dado el soplo a los periódicos, empecé a tener esperanzas –dijo él entonces–. Y Burnley me confirmó que tú lo habías echado de tu casa anoche.

–Estaba tan enfadada con él... Intuyó lo que sentía por ti y me dijo que... bueno, da igual lo que dijera. El caso es que me alegro de haberme librado de él.

Luke la sentó sobre sus rodillas.

–Llevo toda mi vida oyendo cosas sobre mí y sobre mi madre. Además, yo también te dije cosas horribles cuando te creía enamorada de ese enano.

–Y yo pensaba que te gustaba Janet –le confesó Leonie.

–¡Janet! –repitió Luke, incrédulo–. Janet está enamorada de un actor que se llama Julian. Y yo no estoy enamorado de ella. ¿Cómo iba a estarlo si te quiero a ti?

–¿Y ahora que sabes que yo también te quiero?

Él sonrió.

–Ahora que lo sé, pienso mostrarte mi mejor cara. Con algún que otro ataque de celos, claro.

–Creo que podré soportarlo –murmuró Leonie, escondiendo la cara en su cuello.

Era increíble que aquel día que empezó tan mal se hubiera convertido en el día más feliz de su vida.

¡Luke la amaba!

–Por cierto, tu madre me ha dicho antes que le gustaría tener un nieto.

Él se quedó callado, muy quieto, como si no respirase.

¡Qué tonta era!, se dijo a sí misma. Había dicho que la quería, pero eso no significaba que quisiera casarse.

—Lo siento. Una vez me dijiste que nunca tendrías niños...

—Hasta hoy, Leonie. Pensé que no sería justo. Cualquier mujer hubiera querido saber quién era mi padre y, por lealtad hacia mi madre, yo no habría podido decírselo.

—Pero eso ya no es un problema.

—No —asintió Luke—. Además, yo soy un hombre muy tradicional. Creo que los niños deben crecer en el seno de una familia. Con papá y mamá.

Leonie tragó saliva.

—Sí, claro.

—¿Sí, estás de acuerdo conmigo o sí, te casarás conmigo?

—Sí, estoy de acuerdo. ¡Pero aún no me has pedido que me case contigo!

—No se me da bien soportar un rechazo, Leonie.

Ella cerró los ojos un momento. Luke no tenía padre, ella era adoptada... quizá había llegado el momento de formar su propia familia, de ser el uno del otro.

Pero para eso tenía que mirarlo a los ojos y hacerle ver el amor que sentía por él. Un amor que aguantaría las embestidas del tiempo.

Y cuando miró aquellos ojos verdes pudo ver el amor reflejado en ellos.

—No voy a rechazarte, Luke. Nunca lo haré.

Él tomó su cara entre las manos.

—¿Quieres casarte conmigo, Leonora Winston?

—Sí, quiero, Luke Richmond —sonrió Leonie, al recordar la primera vez que la llamó así. Al recordar el antagonismo, la antipatía.

¡Cómo habían cambiado desde aquel primer encuentro!

Luke la abrazó entonces, con fuerza, como si no quisiera separarse nunca de ella.

—No sé cómo Tom pudo separarse de mi madre si la quería como yo te quiero a ti.

Leonie recordó la expresión de su tío cuando entró en la habitación.

—No sé si se han separado alguna vez. ¿Te importaría si... volvieran a estar juntos, después de tanto tiempo?

—En absoluto. Me haría muchísima ilusión —contestó Luke—. Pero yo nunca te dejaré, Leonie. ¡Nunca!

—Y yo tampoco, amor mío. En cuanto a Rachel...

—Seguiremos queriéndola pase lo que pase.

Y esperemos que sea durante mucho tiempo
–la interrumpió Luke.

–Sí, cariño –sonrió Leonie.

Tuvieron dieciocho meses más para querer
a Rachel antes de que los dejase.

Dieciocho meses durante los cuales el amor
que había guardado tantos años en su corazón
pudo renacer una vez más. Se casó con Tom
cuando salió de la clínica y aquellos dieciocho
meses fueron los más felices de sus vidas.

Dieciocho meses en los que Rachel pudo tener a su nieta sobre las rodillas. Una niña a la
que Leonie y Luke llamaron Rachel, en honor
a su querida abuela...

Las mejores novelas de...
SECRETOS

ANNE MATHER
Una mujer misteriosa

Sara era un mujer bella, misteriosa y angustiada. Matt estaba muy intrigado por la personalidad de su inesperada invitada porque ella se negaba a contarle de dónde venía, pero era obvio que huía de algo.

El sentido común le decía a Matt que no se implicara, pero justo entonces se enteró de que Sara era la esposa desaparecida de un millonario. Estaba claro que necesitaba su protección. Y, a medida que el ambiente se iba llenando de erotismo, Matt se dio cuenta de que, aunque no debía tocarla, tampoco podía dejarla marchar...

CAROLE MORTIMER
Noticias del corazón

Cuando Leonie llegó a la mansión inglesa de Rachel Richmond, la impresionaron el estilo sofisticado y la amabilidad de la famosísima actriz. La impresión que le causó Luke, el hijo de Rachel, fue algo muy diferente.

Luke Richmond era un tipo frío y orgulloso que no sentía ninguna simpatía por Leonie y que estaba demasiado acostumbrado a salirse con la suya. Pero, por mucho que le pidiera que se marchara, a Leonie le habían encargado escribir la biografía de Rachel y no se iba a mover de allí... especialmente después de darse cuenta de que Luke escondía algo...

N.º 87

¡YA EN TU PUNTO DE VENTA!

Tiffany

Sarah Morgan

El ático de la Quinta Avenida

Eva, una romántica empeder-
nida, adoraba todo lo que tuviera que ver con la Navidad.
Ese año probablemente habría
pasado las fiestas sola, así que
cuando le ofrecieron cuidar un
ático espectacular en la Quin-
ta Avenida, no dejó escapar la
oportunidad. Lucas Blade, el
popular autor de novela negra,
estaba viviendo una pesadilla.
Con una fecha de entrega y el
aniversario de la muerte de su
mujer aproximándose, se había aislado en su ático acom-

pañándose únicamente de su dolor. Pero cuando la tormenta
de nieve del siglo dejó a Eva atrapada en su piso, Lucas empezó a abrirse a la magia que ella traía consigo…

Una noche sin retorno

Fiestas, mujeres, interminables horas de trabajo…, nada ayudaba al famoso arquitecto Lucas Jackson a escapar de su oscuro
pasado. Cuando llegó al castillo de su propiedad en medio de
una tormenta de nieve, lo único que buscaba era el olvido…
Emma Gray tuvo que llevar personalmente unos documentos
importantes a su jefe en medio de la tormenta, y nunca hubiera
esperado que ese lado oscuro del serio y reservado Lucas pudiese generar tan primitiva, poderosa e inapropiada reacción.

BIANCA.

*Le agradaba saber que
ella no era inmune a él...*

PERDIDA
EN EL PASADO

MAGGIE COX

N.º 3091

El corazón de Ailsa latía con desenfreno. No estaba en absoluto preparada para el impacto de encontrarse frente a frente con los inolvidables rasgos de Jake Larsen. La única diferencia era la cruel cicatriz que atravesaba la mejilla de su exesposo y que, en cierto modo, acrecentaba su atractivo y le recordaba a Ailsa la terrible tragedia que los había separado...

Jake había pensado que vería a Ailsa tan solo durante unos minutos, no que se quedaría incomunicado varios días con ella en su casa debido a un fuerte temporal de nieve. Sin embargo, cuanto más tiempo pasaba con Ailsa, más le parecía que la esposa que perdió cuatro años atrás se convertía en la mujer que estaba decidido a conquistar...

BIANCA.

*Sin darse cuenta, comenzó a desear
que su nueva prometida compartiera su cama,
en vez de hacérsela...*

INDECENTE INDISCRECIÓN

JENNIE LUCAS

N.º 3094

Emma Hayes había pasado de trabajar en uno de los hoteles del magnate Cesare Falconeri a hacer personalmente la cama de su mansión, dirigir el funcionamiento de su casa e, incluso, entregarles los regalos de despedida a sus numerosas conquistas. Sin embargo, cada una de aquellas aventuras de su jefe era un golpe a su corazón. Hasta que, una rara noche de desinhibición, alargó los brazos y tomó lo que siempre había querido...

Cesare Falconeri se había jurado que nunca volvería a casarse. Sin embargo, cuando su aventura con Emma tuvo consecuencias, se vio obligado a incumplir sus promesas...

BIANCA™

SARAH MORGAN

NUEVE MESES DESPUÉS...

El lujoso Ferrari despertaba miradas de curiosidad en el tranquilo pueblecito inglés de Little Molting, pero para la profesora Kelly Jenkins sólo significaba una cosa: Alekos Zagorakis había vuelto a su vida.

Cuatro años antes, con el ramo de novia en la mano, Kelly supo que su guapísimo prometido griego no iba a reunirse con ella en el altar.

Ahora él había vuelto para exigir lo que era suyo.

PARÍS EN EL CORAZÓN

Con el negocio familiar en crisis, Polly Prince hacía lo que podía por mantener la calma y seguir adelante. Pero iba a necesitar algo más que esfuerzo para salvar a su empresa londinense de las garras del despiadado Damon Doukakis... y a su cuerpo traicionero de la sensualidad de su jefe.

N.º 477

Como su nueva secretaria, Polly iba a acompañar a Damon a París para negociar el contrato más importante de su vida. Lo peor de todo era que Polly iba a tener que resistirse a Damon en la ciudad más romántica del mundo.

DESEO

MAUREEN CHILD
SEIS NOCHES DE SEDUCCIÓN

Para Tessa Parker lo más embriagador de su trabajo era su jefe. Sin embargo, no había conseguido que Noah Graystone la considerara algo más que su eficiente secretaria. Harta, presentó su dimisión, aunque accedió a ir con Noah a Londres de viaje de negocios y aprovecharlo para tener una aventura sin compromiso.

JOSS WOOD
ROMANCE CON UN MILLONARIO

Las chispas saltan cuando Adie Ashby-Tate y Hunt Sheridan se conocen. Lástima que Hunt no crea en las relaciones. Sin embargo, Adie es una tentación demasiado grande para el millonario. Cuando ella accede a tener una aventura, Hunt aprovecha la oportunidad. La única regla es: sin compromiso. Pero puede que el espíritu navideño cambie las normas.

N.º 541

FIONA BRAND
CÓMO RESISTIR LA TENTACIÓN

Tobias Hunt nunca había tenido la menor dificultad en dejar a las mujeres, hasta que conoció a Allegra Mallory y, para poder recibir la herencia que le correspondía, le obligaron a vivir con la tentación. Estaba convencido de que podría superar su intensa atracción hacia Allegra, especialmente después de que ella anunciara que estaba prometida. Pero al descubrir que el compromiso era falso, decidió imponer sus propias reglas.